ハヤカワ文庫 SF
〈SF2302〉

宇宙英雄ローダン・シリーズ〈627〉

希望なき惑星

クルト・マール
増田久美子訳

早川書房
8572

PERRY RHODAN
AUFBRUCH NACH ERENDYRA
WELT OHNE HOFFNUNG
by

Kurt Mahr

Translated by
Kumiko Masuda
First published 2020 in Japan by
HAYAKAWA PUBLISHING, INC.
This book is published in Japan by
arrangement with
PABEL-MOEWIG VERLAG KG
through JAPAN UNI AGENCY, INC., TOKYO.

目次

希望なき惑星

登場人物

レジナルド・ブル（ブリー）………《エクスプローラー》指揮官

ストロンカー・キーン
ラヴォリー
……………同乗員。メンター

グロスツニク…………………………同乗員

ドラン・メインスター
アギド・ヴェンドル
コロフォン・バイタルギュー
ミランドラ・カインズ
……同乗員。ハンザ・スペシャリスト

クルール……………………………エルファード人

器官メンディン……………………クロレオン人。器官細胞タイプ

神経ヌドルヴ………………………同。神経細胞タイプ

脳アリニ……………………………同。脳細胞タイプ。器官メンディンの上司

脳ドルーネネン
脳ハーディニン
脳ヴルネネン
……………………同。脳細胞タイプの上位者

カルマー……………………………謎の戦士

エレンディラ銀河をめざして

クルト・マール

1

ラヴォリーの意識は一瞬、迫りくる危険を予感した。こんな星座をこれまで見たことがない。《エクスプローラー》は幅ひろくグリーンに光るプシオン・エネルギーの流れに沿って進んでいる。それをもうひとつ、べつの流れが横切っているのだ。その光景は彼女を混乱させた。いったいどうなるのだろう？　ふたつのプシオン流が交差するところにきたら、〝船の精神〟はどちらのコースをとるのだろう？

ラヴォリーは周囲から自分を隔離した。司令室の薄暗い空間が視界から消えた。交差するふたつの流れと、そのずっと奥の、入りくんで蜘蛛の巣のようなプシ・フィールドラインだけがまだ見える。それは細かい網のようにハイパー空間に入っている。

「危険なの？」ラヴォリーは抑揚のない声でたずねた。

「心配することはありません」船は答えた。「プシオン流はあちこちで交差しているのです。数かぎりなく。とはいえ、たまに……」

見えないこぶしが伸びてきて、ラヴォリーは乱暴にシートのクッションに押しつけられた。叫び声が聞こえる。痛みを感じる。これまでおだやかだったプシオン流の幅ひろい帯のような流れが、嵐に鞭《むち》打たれたかのように混乱していた。しかし、なによりも驚いたのは、たったいま得た認識だ。

ヴィールス船も全知ではない。思い違いをすることがあるのだ。

ふたつの流れの交わるところから、黄緑色の炎が噴水のように噴きあがる。大きな煤《すす》の塊りのような醜い黒いしみがまじっている。交差するふたつの流れが船の接近に気づいて、わがものにしようと争っているのだ。ラヴォリーは船の精神とひとつになった瞬間にそれがわかった。

船のはげしい縦揺れや横揺れはほとんど感じない。驚きや痛みによる叫びももう聞こえない。黒いしみをつけた黄緑色の炎だけを見ている。船の声が聞こえた。

「わたしは思い違いを……」

「時間がないのよ」ラヴォリーはあっさりとさえぎった。「なにが起きたの？」

「交差する流れがわれわれを引き入れようとしています。こちらと同じくらいの強さで」

ラヴォリーは身震いした。交差する流れの力が勝《まさ》ったら、《エクスプローラー》は極度にせまい空間で九十度の方向転換をすることになる。ハイパー空間ではアインシュタイン宇宙の法則が通用しない。ここでは慣性力はハイパーバリーとなり、べつの法則にしたがう。それでも急な方向転換で船にかかる負荷は恐ろしいものだ。船は単体として生きのこれるかもしれないが、ヴィールス船の複合体はいやおうなしに引き裂かれるだろう。

「こちらの流れを手伝って！」ラヴォリーはささやいた。「われわれの流れが向かう方向に全力を注《そそ》いでちょうだい」

「それでどうにかなると思うのですか？」

ラヴォリーは一瞬、啞然とした。船がわたしに質問するの？　だがやがて、意識の奥深くで強い確信が生まれるのを感じた。自分の考えは正しいのだ。船の精神との一体化でわかった。ほかに可能性はない。

「それが唯一のチャンスだわ」ラヴォリーは答えた。

船体が急に揺れた。汚らしい黄緑色の炎しか見えない。猛烈な衝撃でラヴォリーは横倒しになりそうになった。横切る流れが《エクスプローラー》を引きこもうとしたのだ。ひび割れた鐘のような空虚な音が鳴りひびき、ヴィールス船全体が震えた。

それから、終わった。壁のように立ちはだかっていた炎はまばらになり、幅ひろいグリーンの流れは以前のようにしずかに、ゆったりと進んでいく。横切った流れが負けたのだ。ラヴォリーは振りかえると、船尾の状態を見た。噴きあがっていた炎がたよりなげに崩れていく。

「あなたはいいメンターです」船がいうのを聞いた。

しかし、ラヴォリーはそれにには応えない。

「損害の調査を」きびしい口調で要求した。

＊

銀河間のはてしない空間を抜けていく構造物がある。それはパズル好きには悪夢に見えるだろう。一見すると系統も秩序も、意味も目的もないようで、醜い眺めだから。しかし、しばらく観察していると、やっとこの全体像の見方がわかってくる。

たとえば、この奇妙な構造物のパーツに、ななめになったりかたむいているものはなく、水平と垂直にしか配置されていない。大きくたいらなものと、ちいさくまるいものがある。見ている者の方向感覚からすると、大きなものは多かれすくなかれ水平になっている。これに対して、ちいさくまるいものは垂直に配置され、大きくたいらなパーツ間の連結の役目をはたしているらしい。あるいは、支えなのか。だから実際には、大急ぎで組み立てた、不完全な3Dパズルのように見えた。

星々のない虚空のもとでの目視は明るさ不足で不可能だとしても、なにか光源があれば、観察者は気づいたかもしれない……これらのパーツが、水平であれ垂直であれ、光を反射して柔らかい乳白光を発する結晶のような塊りでできていることに。パーツのもっとも大きなものは、複合体構造物のほぼ中央にあることにも、きっと気づくだろう。大きな中央部分には、五つのちいさな部分が継ぎ目なく、ぴったりとくっついているのがわかる。ちょっとやってみたら、うまくはまったパズルのピースのように。

パーツのなかで最大のものの表面には、いささか乱暴な文字で大きく《エクスプローラー》と書かれていた。

《エクスプローラー》は船名だ。

指揮官はレジナルド・ブル。

メンターはラヴォリーとストロンカー・キーン。

指揮官と呼ばれれば、レジナルド・ブルは腹をかかえて笑ったかもしれない。ぜんぶで千六百のヴィールス船からなる複合体に、六万名の人類と地球外生物が乗船している。こんないいかげんで規律のない集団は、生粋《きっすい》の無政府主義者でさえ想像できないだろう。指揮権などというものはだれも要求できない。そんなことを要求したら、あざけりの言葉を浴びせられ、命令はどれも空振りに終わるかもしれない。この組織ともいえない組織のなかでレジナルド・ブルの立場をいいあらわそうとすれば、中心的人物という名称しか思い浮かばない。ブル老人、あるいは賢者ブル。なにか重要なことを質問すれば答えてくれる、まともな人間の理性を持つ者、ただそれだけだ。

《エクスプローラー》は核となるパーツの名前だが、すべてを集めた複合体の名称にも使われていた。この3Dパズルにヴィーロ宙航士六万名が乗りこみ、はるか彼方への憧れに駆りたてられている。時代が生んだ偉大なレポーターのクローン・メイセンハートは、含蓄に富んだ言葉で表現した。〝異郷への憧れは星々への憧れ〟と。

クロノフォシル・テラが活性化されたあと、かつてのヴィールス・インペリウムは自分の残骸物質から数十万隻の宇宙船をつくりだし、それをはるか彼方への憧れに囚《とら》われた銀河系住民に自由に使わせた。かれらは船を好きなかたちにできるし、設備も自由だった。はるかな星々に向かいたい者は、好きなヴィールス船に乗りこめばいい。船は内装も外装も、ヴィールス物質とエネルギー性接着剤でできていた。接着剤は恒星間の雲、スラケンドゥールンの物質だ。かつてノルガン・テュア銀河で、ヴィールス研究者たちがヴィールス・インペリウムの組み立てに使っていたものである。

しかし、本当にはるか遠くへの憧れを持つ者しか、ヴィールス・インペリウムの残骸の船を手に入れることはできない。営利をむさぼるためとか、権力や影響力の獲得を狙っている場合は、断固として拒否された。ヴィールス物質はその下心を見通せるのだ。

ヴィールス船は非の打ちどころがないマシンだった。その構成物質には、完璧な宇宙船を形成するすべての機能がふくまれる。エンジン、コンピュータ、武器、探知機、エネルギー供給などだ。

ヴィールス船は二種類の推進方法を心得ていた。プシオン流に沿ってハイパー空間を抜ける方法と、グラヴォ・エンジンでアインシュタイン空間を移動する方法だ。自動制御なので、操縦の必要はない。目的地をいえば、船が自分でコースを見つける。しかし、ヴィールス物質のオーラに心理的に波長を合わせられる者が乗員のなかにいれば、ヴィールス船の動作を本質的により効率化できることはわかっていた。たとえば、かつての前衛騎兵がそれだ。その使命はつい最近まで、ヴィーロチップ上で……つまりアインシュタインの涙のひとつで……データ流を制御することだった。あるいは、プシ・トラストのメンバーでもいい。肉体から心を切りはなしてその精神力をほかの生物と合流させる訓練を受け、時間ダムをつくり保持していた者だ。

いまでは〝メンター〟と呼ばれる職務が生まれ、そのなかからヴィールス船のパイロットが徴募されている。メンターが必要とするのは、船の司令室に特殊な装置をそなえつけたシートと、サート・フードに似ていなくもないヘッドギアだ。それがメンターと船の知性……ラヴォリーが〝船の精神〟と呼んでいる、つかみどころのないもの……の密接な相互作用を可能にする。

レジナルド・ブルのなかにも、星々の彼方への憧れはずっと以前から芽生えていた。ハンザ・スポークスマンの任務からはすでにしりぞいている。ヴィールス・インペリウムの残骸が自分の好きなようにつくれる宇宙船を提供してくれた。それを《エクスプローラー》と名づけたのは、太陽系帝国の副執政官でエクスプローラー船団の指揮官だったころの郷愁があるからだ。同じ夢を持つほかの人類と地球外生物たちも集まってきた。《エクスプローラー》そのものに乗船を希望する者ばかりではない。《エクスプローラー》をモデルにしてつくった自分たちのヴィールス船できた者もいたからだ。ぜんぶで千六百隻がテラの周回軌道に集まり、ヴィールス・インペリウムがこのごちゃごちゃのよせあつめをヴィールス船の複合体にすることに同意した。核となる船の名前にちなみ、それらを総体として《エクスプローラー》と呼ぶことになった。

それと並行して、それぞれの船は個々に名前があるが、複合体内における管理上の理由から……やはりまったく無秩序というわけにはいかないので……すぐに系統づけた呼び方をするようになった。各船を〝セグメント〟と呼ぶ。セグメント一からセグメント一六〇〇まで。管理上とはいえ、いくらなんでも創意工夫がなさすぎるだろうか？

セグメント一は中核セルで、もともとの《エクスプローラー》だ。

星々への憧れ、はるか彼方の未知宇宙への憧れは、ヴィーロ宙航士を動かす原動力だった。何十万隻という数の宇宙船が……ときとして、奔放な前衛作家さえ絶句するような外観のものもある……銀河系のあらゆる宙域から出発していた。ヴィールス船の目的地は、乗りこんだ者の夢同様にさまざまだった。船団をつくって共通の憧れの場所に向かったものもあれば、たった一隻で出かけたものもある。一万五千人の乗員を乗せた船もあれば、自分ひとりで充分だという一匹狼の船も……

目的地でいちばん人気があるのは力の集合体エスタルトゥだった。巨大なおとめ座銀河団に属する銀河の集まりで、ソト＝タル・ケルの出身地だ。かれは超越知性体エスタルトゥの使者で、テラではストーカーと呼ばれていた。文明化された銀河系のすみずみまでとどく通信・情報ネットワークの力を借り、銀河系諸種族に、自分の生まれ故郷の〝奇蹟〟や美しさのことを熱心に語った。入植者を待ち望む楽園のような惑星について、新しい星が次々と生まれる巨大な霧状構造体について、さらに〝至福のリング〟についても話していた。それは鈍く光る宇宙の塵《ちり》で、とくにエレンディラ銀河では多く見られるらしい。惑星だけでなく全星系をつつみこむものもあるという。

そのリングこそがレジナルド・ブルを魅了するものだった。ほとんどのヴィーロ宙航士と同じように、最初はただ目的地もなく遠い星々に憧れるだけで、まだ探求されていない宇宙に出ていきたいと思っていた。しかし、自分のヴィールス船をどちらの方向へ向ければいいのかわからなかった。はるか遠くへの旅そのものと同様、かれにとってとても重要なのは、二千年ものあいだきびしく規制されつづけた生活から脱却して自由になることだ。未知の星々を見てみたいが、その惑星について研究したり、入植に適しているかどうかを調査しなければならないのはごめんだった。もうだれの指示も受けない。

自分の楽しみのためだけに旅をしよう。二千年間、使用人だったのだ。いまはもう主人でいたい。だれかの主人ではなく、自分自身の主人だ。自分の時間をどうすごすかは自分が決める。

ストーカーが夢中になって語った内容は、まさにうってつけだった。二千年間、テラの執政府あるいはテラナーがつくった帝国で第二の重要なポストをつとめてきた男が、ただ光る塵のリングをいくつか見るためだけに、四千万光年の旅をする。そう考えると皮肉なものを感じるが、あらがうことはできない。

〝エレンディラへ行こう。そこにリングがあるから〟そんなスローガンのもと、六万名が同調し、レジナルド・ブルにしたがった。それぞれ数十名、あるいは数百名のグループで、千六百隻の奇妙なヴィールス船に乗りこんでいる。その千六百隻が複合体になったのだ。

複合体の名は中核セグメントと同じ《エクスプローラー》だ。

＊

その《エクスプローラー》から数光時はなれたところにひろがる銀河間の虚空を、べつのヴィールス船が移動していた。二隻とも同じコース、同じ速度で動いている。《ラサト》と《ラヴリー・ボシック》だ。両方ともヴィーロ宙航士デザイナーのまったく自由な発想の意匠を反映していて、ときとしてグロテスクにも思えた。《ラサト》は四角や菱形の箱を手当たりしだいにくっつけたように見える。《ラヴリー・ボシック》はあちこちにつぶつぶのついた、つぶれたパンといってもいい。《ラサト》は二隻のうちのちいさいほうで、もっとも幅のあるところでも二百メートルしかない。これに対して《ラヴリー・ボシック》は直径六百メートルある。

だれが制御しているかは船の名前でわかる。《ラサト》の指揮をとるのはロナルド・テケナーとジェニファー・ティロンで、その指揮というのがここでは問題となる。船内の規律は、杓子定規《しゃくしじょうぎ》というほどではないにせよ、《エクスプローラー》よりもきびしいからだ。それは、テケナーが向かっているこの航行の目的地と関係がある。かれも遠い彼方への思いに囚われていたが、憧れの充足と実益をかねるために、船を力の集合体エスタルトゥに向けているのだ。二隻のツナミ艦……《ツナミ113》と《ツナミ114》がどうなったか調べたかった。《ツナミ113》の失踪と《ツナミ114》の拿捕《だほ》についてのストーカーの説明に満足していないからだ。もっといえば、つくり話だと思っていた。

《ラヴリー・ボシック》で決定権を持つのはロワ・ダントンだ。異郷への憧れに囚われたロワは、昔の自由航行者の同盟を復活したいと思っている。束縛のない自由な者たちを集めて、いっしょに調査したり、銀河間で商売をしたりしたいのだ。皇帝ラヴリー・

ボシックが秘密基地である惑星オリンプで政治をおこない、自分が自由航行者の王であった当時のように。その熱意はデメテルにもすぐに伝染し、よろこんでしたがった。こうして、新しい自由航行者の核になるヴィーロ宙航士一万名が船に乗りこんだのである。

三隻のヴィールス船が同じ時空コースを移動しているのは、とりきめがあったからではない。いわゆる自然発生的に意見の一致をみたのだ。三隻はほんのたまにプシカムで連絡をとるくらいだが、《ラサト》と《ラヴリー・ボシック》では、多くの者が《エクスプローラー》の六万名の規律の欠如を心配していた。ロナルド・テケナーとロワ・ダントンは何度かブルにその危険を指摘したが、ペリー・ローダンのかつての代行は笑いながらいった。

「どんな危険だ？　第一に、ストーカーの言葉を信じれば、エスタルトゥは天国だ。第二に、わたしはストーカーがくれた通行許可証〝パーミット〟を持っている。だから、あちこちで賓客として迎えられるだろう」

二千年のあいだ、人類の進むべき道と運命を決める手助けをしてきた男が、これほどおめでたいとは信じがたい。まるですべての責任感を捨てさり、いまを生きるよろこびだけを感じているようだ。ロナルド・テケナーは〝細胞活性装置による老害〟という表現を使った。そしてロワ・ダントンも、このような辛辣《しんらつ》な診断を完全に否定する自信はない。

三隻はアインシュタイン空間の暗闇のなかを八時間ほど進んでいた。すると《エクスプローラー》から要請があった。

「船内時間二十三時三分よりエネルプシ航行に入る」

「了解」《ラヴリー・ボシック》と《ラサト》は答えた。

＊

レジナルド・ブルの日記から
NGZ四二九年三月八日
もう七日間、航行している。どんな気分かって？　最高だ！　自由で幸せで、同時にこれからの冒険が待ちきれないし、わくわくする。決まった時間に起床する必要がなく、いつどこにいてもいいというのも、いまだに信じられない気分だ。食べること、飲むこと、眠ること、あるいはそれ以外のまったくの月並みなこと以外は決断をくだす必要がなく、〝要連絡〟とか〝至急〟とか〝絶対に必要〟などという言葉を使うコンピュータはもうそこにない。わたしは自由だ！　二千年間の勤労に対する当然の褒美の休暇だ。至福のリングよ、待っていろ。レジナルド・ブルがいま行くぞ！
《エクスプローラー》でいっしょに旅する者たちも、わたしと同じように感じている。このように規律のない、礼儀も知らない集団は、テラの宇宙航行史でははじめてだろう。

それでもたいした問題は起こっていない。自由人たちは平和的だ。だが、数名の例外はいる……ドラン・メインスターとその仲間三人とか。あれほど小うるさいと、われわれのなかではじつに目立つ。あの四人は本当にヴィーロ宙航士なのか。なにか商売をしようとか、あるいは政治的な目的を持っているのではないか。もともと自分たち自身のヴィールス船を手に入れたかったが、ヴィールス・インペリウムに意図を見ぬかれ却下されたから、この船にもぐりこんできたのだろう。クロノフォシル・テラの活性化後に数十名あらわれたような、政治的意図を持つ工作員かもしれない。それとも、ホーマー・アダムス配下のハンザ・スペシャリストか。全宇宙にひろがる交易ネットワークという夢の実現にほんのすこし近づくために、こちらに面倒を持ちこむなんてことは、あの老《ろう》獪《かい》な男ならやりかねない。注意をおこたらないようにしなければ。おお、なんてことだ！　だれかの言動の監視などまっぴらなのだが。しかし、四名の者がこの愛すべきカオスに秩序を持ちこもうとするのは、もっとまっぴらだ。

秩序がなんだ！　ロナルド・テケナーとロワ・ダントンがわたしのやり方を気にいらないのはわかっている。《エクスプローラー》船内の規律のなさが危険だという。どうしてそんなことがいえるんだ？　あのふたりも遠い星々への憧れに囚えられたのはたしかだが、それほど強い気持ちではないのだろう。これまでの責任から身を振りほどいたとたん、もう新しい課題に向かっているではないか。ロナルドは消えたツナミ艦二隻についてなにか妙なことを考えている。二百京立方光年のひろがりを持つ十二銀河のなかで、どうやって《ツナミ113》と《ツナミ114》の手がかりを探すつもりか、わたしにはわからない。交差点がきたらとまって、ガソリンスタンドで〝あの、ひょっとしたら二隻のツナミ艦を見ませんでしたか？〟と、たずねるようなわけにはいかないのだ。ま、好きにしろ。道中ぶじを祈る、ロナルド。しかし、人生をばかまじめに考える間違いを二度とおかすなよ。

ロワ・ダントンことマイクルもそうだ。なにがしたいんだって？　自由航行者の結社をあらたに創設するという。商いをしたいのだそうだ。なんのために？　金を稼ぐためだ。船がほしいものをすべてあたえてくれるのに、なにに金を使うんだ？　わたしにはもう人間というものがわからない。運命がまったく新しい人生をはじめる可能性をあたえてくれるんだぞ。それなのに、ふたりはなにをするだって？　さっきやめたまさにそのことを、またはじめるのか。きみにも幸運を祈るよ、ロワ。魂の奥深くに住みつき、目を輝かせるような幸運を。

わたしは、といえば……わたしの目はすでに輝いている。だが、過去を忘れたということではない。なにもせず、ただ物思いにふけることがよくある。ペリーはどうしているのか？　《バジス》でエデンⅡを探しているはずだろう。〝エデンⅡは人が探しもとめるところで見つかる〟と、いつもの調子で〝それ〟はいった。そんな言葉はなんの助けにもならない。しかし、わたしの知るペリーなら、きっと困窮状態から脱却する道を見つけるだろう。とりあえず重要なのはタイムスケジュールだ。まずエデンⅡをクロノフォシルとして活性化させなければならない。そうすれば、モラルコードはふたたび正常になる。しかし、それにあまりに時間を浪費すれば、さまざまな問題が起こってくるだろう。

出発直前に聞いたところによると、ポルレイターの封印がクロノフォシル・テラの活性化でさらにゆるんだということだ。そのうちエデンⅡも活性化すれば、封印はもはや存在しなくなる。そうなると、なにが起こるかだれにもわからない。たぶんフロストルービンはひと飛びしてハイパー空間に消え、目的地でようやくまたあらわれるだろう。わたしかし、そんなことは心配していない。モラルコードは修復されると思うからだ。わたしよりもよく事情を知る者たちは、確信しているにちがいない。そうでなければ、無限アルマダはあれほどあわてて目的地に向かっただろうか？　いまは最後の部隊が銀河系をはなれるころだろう。あのような長蛇の大群が動くには時間がかかる。ひとつ目の男、ローランドレのナコールよ、しっかり職務をはたすのだぞ！

われわれはこのあいだにもエレンディラと至福のリングに近づいている。口にするのはなんとかんたんなことか！　NGC4649、すなわちテラ天文学のそっけない表現でM‐60というこの銀河は、非常に高密度なのだ。質量は太陽一兆個ぶんほどで、銀河系のほぼ十倍。ストーカーの熱のこもった話がどのくらい本当なのか、見せてもらおう。あの者のいうことを完全には信じていないが、話の十分の一でも真実であるならば、この旅は価値がある。それに、われわれは先を急いでいるわけではない。力の集合体のなかで、エレンディラは……自分たちの進行方向から見れば……かなり奥のほうにある。その前にコースの近くの銀河をいろいろ見てみようという声が、いくつかあがっている。道沿いの建物をのぞくようなものだ。それほど探さずに適当な惑星が三つか四つ見つかったら、着陸しよう。それで充分だろう。

わが無政府主義者たちの望みに耳をかたむけるつもりだ。だれに急《せ》きたてられているわけでもないだろう？　時間はある。

レジナルド・ブルはゆっくりとちいさな古めかしいノートを閉じた。古風に鉛筆でそこに日記を書いていたのだ。ヴィールス物質でできているシートに深くからだをもたせかけ、周囲を見まわす。ふと、自分の前のテーブル上にあるシリンダー形のものに目をとめた。パイプのような形状で、その幅は人間が手を突っこめるほど。長さは手首から肘くらいまである。

レジナルド・ブルはかがみこんで、そのパイプをちょっと突いてみた。すると、それはテーブルの上を半メートルほど転がって、数回行ったりきたりしてからとまった。

「ストーカーのパーミットか」ブルはうなるようにいった。「なにかの役にたつといいのだが」

2

ストロンカー・キーンは〝ヴィーロトロン〟と呼ばれるヘッドギアをうしろに押しやった。このヘルメットのようなかぶりものが、メンターであるかれと船の意識のあいだに親密といってもいいほどのつながりをつくりだすのだ。危険は迫っていない。《エクスプローラー》はコースをのんびり進んでいた。のんびりといっても、一超光速ファクターだ。以前の宇宙船設計者世代にとっては夢のようだろう。宇宙空間はプシトロン網のグリーンのラインとプシオン流でいっぱいだった。ヴィールス船の複合体はその流れのもっとも幅ひろいところを移動している。キーンは流れの交差があらわれるのを見張っていた。ラヴォリーの驚くべき直感でことなきを得た三週間前のアクシデント以来、同規模のエネルギー流ふたつの交差が危険であることがわかったからだ。しかし、そのようなものはなにも見えない。何度見てもけっして見飽きることのないすばらしい光景を、視界を横切るものもなく堪能できる。

プシオン流のハイパー空間は色と動きに満ちた世界だった。五次元というものを具体的に認識できない人間の目には、時間が花開いたように見える。銀河は自転し、超新星はあっという間に噴きあがり、同じようにすばやくまた崩壊する。ブラックホールは口を開け、周囲のものをがつがつのみこむ。それは観察者の楽しみのためにクイックモーションで提供される、絶え間ない発生と消滅のくりかえしだった。

頭がくらくらするほどの色彩の豊かさだ。アインシュタイン空間が星々を白と黄色で色づけし、あちこちにすこし青や赤みがかった色あいの星をひとつふたつくわえることでたりるとすれば、プシオン流のハイパー空間では宇宙のエレメントは多種多様な色と光の強さで輝く。衝突するふたつの星がグリーンの光をまきちらし、消えさる。どぎつい青色のなかに星間物質のガス塊が光る。そのなかに、驚くような速さで星が生まれる。赤、オレンジ、グリーン、青、むらさきに光りながら、次から次へと。名もない銀河の渦状肢の先は、ほつれて柔らかな黄色になる。そのすべてが、まったくもっともらしく見える。多くの銀河はファイアーショーの火の輪のようだった。

時空はひとつになり、どちらも従来の意味を失う。すでに距離がわかっている物体との比較などから、ある物体がどのくらいはなれているか、見える大きさと動きで距離を読みとるのは、メンターの能力のひとつである。視野はゆがんでいるが、そのなかでひとつ、ストロンカー・キーンにも正確にわかることがある。画面のまんなかで光るものだ。ほぼ球形だが、ほんのわずか楕円体に見える。そのなかでグリーン、黄色、赤の縞《しま》模様が揺れ動き、まじりあう。これがエレンディラ銀河、M‐60あるいはNGC4649。つまり目的地だ。

キーンはこの輝く物体をじっと見た。そこではなにが自分たちを待ち受けているのだろうか？　ストーカーが話していたように、未知の銀河は本当に比類のない美しさなのだろうか？　その描写が大げさだったらどうだ？　そうしたら、自分たちの四千万光年におよぶ長い航行はむだになるのではないか？

それでもいいさ、と、かれは思った。だれに急きたてられているわけではない。もし、探しているものがエレンディラで見つからなかったら、次の目的地に向かおう。十二銀河を包括するエスタルトゥの力の集合体は、二千をこえる銀河を持つ巨大なおとめ座銀河団にある。ひとりの人間がふつう生きているあいだに行きたくても行けないところがもっとあるだろう。

満足感とおちつきがメンターを満たした。失望感はもうない。期待どおりでなければ、すぐ次の期待が生まれる。かれがラヴォリーとともにレジナルド・ブルの仲間にくわわったのは、遠い星々への憧れに駆られたからだ。その憧れを満たしたかった。それがかなわなければ、最後の息を引きとるまで憧れを追いかけるだろう。いやおうなしに自分を引きつけてはなさない星々のあいだで、自由で束縛されない生き方をしたかった。ようなんの心配もない。ラヴォリーのそばにいれば幸せだ。自分には、だれもただ夢みるしかできないような運命があたえられている。憧れだけを生きる特権が……

「乗員たちに伝えてくれ」船に指示した。「われわれは五時間後にエレンディラ銀河のはずれに到達する」

「よく計算できました、メンター」船はいった。

数秒後、複合体の居住区画とホールで、船の意識が使っている低い女声が響いた。ヴィシュナあるいはベリーセが話す声をかつて聞いた者は、この心地よいアルトでふたりを思いだすだろう。

＊

「ここにちがいない」ドラン・メインスターは不機嫌に、ホールの床から十二メートルのところを浮遊している大きなプラットフォームを見あげた。

メインスターは小太りの生態学者だ。頬のふっくらとした顔はうっすら赤みを帯びていて、興奮しやすいタイプらしい。二十九歳だが、つねにいらいらしていて、すくなくとも十歳は年とって見える。同行の女とならぶと、短気で意地悪な侏儒《しゅじゅ》のようだ。

ミランドラ・カインズの身長はゆうに百八十センチメートルをこえる。肩幅がひろく筋骨隆々で、彫りの深い顔。ブルネットの髪を立てた、ブラシのような髪型をしている。昔なら男まさりと呼ばれたタイプそのものだ。

ミランドラ・カインズとドラン・メインスターは、レジナルド・ブルの三週間前の日記で好意的に書かれなかった四人グループに属している。四人は財務の天才ホーマー・G・アダムスの下で働く専門家だった。したがって、ハンザ・スペシャリストということ。はっきりなにをするとは決まってはいないが、その任務は力の集合体エスタルトゥの一帯で開拓可能な新市場の調査だ。とはいっても、こうした行動はヴィーロ宙航士の精神にはなはだしく反する。そこで、はるかな星々への憧れを理由に《エクスプローラー》に忍びこんだのだ。規律などないようなところなので、自分たちの本当の意図はそうかんたんには見ぬかれないだろうという希望的観測を持っていた。レジナルド・ブルがすでに数週間前から疑いをいだいていることなど、なにも知らない。

ミランドラは数歩わきによった。プラットフォームからは、かんたんな紐でプラカードのようなものがぶらさげてある。それには大きな文字でこう書かれていた。〝わが家はわが砦。許可なき者の訪問不可〟

「あつかましい」ドラン・メインスターは憤慨した。肥満体の脂肪層のあいだから押しだしたような声だ。「区画長に対する態度じゃないだろう」

大きなホールのすばらしさはひと目でわかった。住人の希望で公園のようになっているのだ。濃いグリーンの芝生が床をおおい、あちこちに花木の藪が島のように配置してある。その奥にはシラカバに似た植物の風通しのよさそうな林がある。細い道が芝生のあいだを通り、薮の島のまわりをめぐっている。小川が水音をたてながらその景色のなかを流れていた。

公園の上方では、メインスターとカインズが注意を引かれたものと同じタイプのプラットフォームがぜんぶで八つ浮遊している。シラカバの白い幹のあいだをよく見ると、わりと大きな小屋のようなものがあった。そこに総勢十二名のヴィーロ宙航士が住んでいる。薮の島からそう遠くないところにそびえる岩ふたつのあいだから、地下深くに横坑がのびていて、その地下洞窟のなかには《エクスプローラー》の乗員がさらに二十名いる。このホールには、ぜんぶで百名ほどのヴィーロ宙航士が宿泊しているのだ。一般に、異郷への憧れに囚われた者は同じような仲間を探す。わが家をわが砦などと称する者は例外で、変人だ。かれは自分ひとりだけのプラットフォームを要求した。その表面は平坦なドーム状のエネルギー・フィールドでおおわれているので、外からなかは見えない。

「おい、グラスミュック！」メインスターはできるだけ大声で叫んだ。

「わたしの名はグロスツニクだ」高いところからどなり声がした。「わたしの名前を知らないのは、どこのばかだ？」

ドラン・メインスターはすぐには口がきけなかった。しかし、こんな侮辱的態度は相手にしないほうが利口だ。自分の名前を上に向かって叫んで、つけくわえた。

「この区画を担当している統括者だ。きみに話がある。なかに入れてくれ」

「統括者？　区画？」上から声がとどろいた。「それはいったいなんだ？　ま、いいだろう。あがってこい」

どこからともなく、古めかしいエスカレーターに似たものが出てきた。鈍い光からするとフォーム・エネルギーでできているのだろう。メインスターはいちばん下の段に足をのせた。それはすぐに動きだす。振りかえると、ミランドラ・カインズがあとについてきているのでほっとした。ふたりはだれにもとめられず、エネルギー・フィールドを抜けた。カーテンを開けてなかに入るような感じだ。入ってみると、そこは支離滅裂な世界だった。ドラン・メインスターのぽっちゃりとした頭頂部のわずかな髪が思わず逆立つほどだ。

グロスツニクが姓だとすれば、名があるかどうかはだれも知らない。ただグロスツニクと名乗っている。しかし一方、かれには〝収集家〟というあだ名があった。収集家グロスツニクというのが、ここ数週間で《エクスプローラー》内のひとつの概念となっていた。ヴィールス船がいつどの惑星に到着しようと、グロスツニクは最初に船外に出て、出発の数秒前まで収集にはげむ。ありとあらゆるものを集めていた。植物、動物、鉱物……それどころか空気サンプルも持ってくる。最悪なのは……すくなくともドラン・メインスターはそう考えているのだが……この収集癖が伝染することだ。ヴィーロ宙航士の数百名がグロスツニクのまねをした。四つの惑星へ立ちよったあとには、まるで《エクスプローラー》にごみ捨て場か、整理不足の博物館のような……これは見る者の視点によって変わるが……場所がいくつかできたもの。

　ひどく腹をたてたメインスターの目の前にあらわれたがらくたの山のあちこちからは、ヴィールス船が自分の物質からプラットフォーム住民のためにつくりだした家具らしきものがのぞいていた。干からびた植物が山と積まれて、壁のようになっている。その向こうに収集家のプライベートな住居部分があるようだ。そこ以外は、収集物がプラットフォーム全体をおおってしまっている。膝の高さぐらいしか積みあがっていないところもあれば、べつの場所ではりっぱな丘ができている。グロスツニクが収集に出発するときには、集めたものを一度に大量に運べるよう、船の意識に乗り物をつくってもらうのだ。それで収集物の量と内容の豊富さがわかるだろう。ドラン・メインスターには、どれも屑鉄と瓦礫《がれき》とごみの組みあわせに見えるのだが。

「どこにいるんだ、グロスツニク？」ドラン・メインスターはいらだち叫んだ。がらくたの山のなかに収集家を探したが、見つからなかったのだ。

「ま、おちつけ！」カオスのどこからか、がらがら声が聞こえた。「いったいなんの用だ？」

　メインスターは、姿が見えない者と話をするのは気が進まなかった。しかし、自分に課した使命をなんとしてもはたさなければならない。

「きみの住まいが不衛生な状態だという報告があった！」できるだけ権威のありそうな声で叫んだ。「見たところ、報告どおりだ。区画長としては……」

「だれからの報告で？」姿の見えない者は真っ向から対決するつもりらしい。

「それは……」メインスターは話しはじめたが、すぐに修正した。「それは重要ではない。わたしは区画長として……」

「なるほど、わかったぞ！」収集物の山の向こうから聞こえてきた。「最近、ヴルナトでも一杯どうかと誘ってきた、あのどうしようもない女だな。そんな招待を受けたら、彼女と同じように醜くなってしまうかもしれないと思ったよ。骸骨のようにがりがりで、顔はひどく骨ばっていて、口がちいさい……」

「わたしの妻を侮辱するのはやめろ！」メインスターはひどく腹をたてて叫んだ。「彼女はわたしにありのままを話した……」

「妻だって？」グロスツニクは笑った。「だったら、お似あいということだ。気をつけたほうがいいぞ、親愛なる区画長。いっておくがね……」

　がらくたの山が崩れはじめた。さまざまな色の板石が滑り、音をたてて下に落ちる。そのなかから、この混沌とした環境とじつにぴったり合っている小男があらわれた。グロスツニクは白髪まじりの髪を肩までだらしなく伸ばし、出っ張った額の下には青い一対の目が光っている。知的だが気さくな感じの視線には、相手をいつのまにか油断させる効果があった。ちいさな団子鼻は年齢とヴルナト数千杯のせいで赤黒くなっている。口は大きいが、唇は薄い。着用している上着はあちこちすり切れていた。前が開いているので、白い胸毛が見える。くたびれたズボンを腰のまわりに紐でなんとかとめて、ゴム製のオーヴァシューズにゆるく突っこんでいた。右手に人間のこぶしの二倍ほどある、金と銀の筋が入った石を、重さをたしかめるように持っている。

「いっておくがね」収集家はあらためてはじめた。「きみとそばにいる生意気そうな女はすぐに出ていって、わたしにかまわないでくれ。きみたちのような訪問者が嫌いなんだ。区画長だろうがなんだろうが、わたしには関係ない。自分のすることにだれも口出しなんかさせない。さっさと消え失せろ！」

ドラン・メインスターは肥満体の許すかぎり、背を伸ばした。

「警告しておく」膨《ふく》らませた胸郭から押しだしたような声だ。「きみは規則にのっとり任命された職務の者に逆らうのだな。ここにいるミランドラは攻撃と防衛のさまざまな技術を使える。もしきみが、すぐにおとなしく……」

「なんだって？　わたしを脅すのか、偉そうなでぶ？」グロスツニクは大声でどなった。目に危険な光が宿った。石を持った手が動く。「教えてやろう……」

メインスターが状況を理解する前に、グロスツニクは腕を高く振りあげて、つかんだ石を投げた。石はまっすぐメインスターの頭をめざして、空を切る音をたてて飛んできた。上司の危険を察知したミランドラ・カインズは、筋骨隆々としたからだでメインスターに突進し、体当たりしてわきに突きとばす。メインスターは支えを失って叫び声をあげた。ミランドラの押しがきつかったので、うしろに引っくりかえり、そこにあまりスペースがなかったため、エスカレーターの最上段に倒れた。負荷を感知したエスカレーターが、ドラン・メインスターを乗せて下に動きだす。

このあいだに石はエネルギー・フィールドの内側に当たっただけで、下に落ちた。ミランドラの混乱した視線は、エスカレーターと怒っている収集家とを忙しく行き来した。グロスツニクは第二の投擲《とうてき》弾を手にして、楽しそうに手で重さをはかっている。女ハンザ・スペシャリストは思った。かれが狙いを定めて石を投げても、わたしの古代東洋の護身術をもってすればなにもできないだろう。それに、転落でけがをしたかもしれないメインスターの手当てもある。つまり、やるべきことははっきりしていた。彼女はエスカレーターに飛び乗り……追いはらわれたのでも、殴られたのでもなく……誇らしげに顔をあげて、下におりていった。

ドラン・メインスターのほうは倒れたまま、からだをまるめてエスカレーターの下まで行き、最後の段から柔らかい芝生の上に転がった。最初のショックからはもう立ちなおっていた。威厳を欠いた自分の姿をはっきりと認識すると、驚くべき敏捷《びんしょう》さでからだを起こし、立ちあがる。自分のほうにおりてくるミランドラ・カインズをやりすごし、いうことをきかない収集家に強い脅しの言葉を叫ぼうとしたとき、船の柔らかく低い声がした。

「よろこばしいニュースです、星々をめざす友たち。五時間後にエレンディラ銀河に到着します。よく見えるよう、しっかり目をさましてください。あなたたちの憧れの目的地、至福のリングです」

＊

NGZ四二九年三月二十九日

この数週間に起きたことといったら！　目的地も近づいて、ここにきてやっと、過去二十日間の出来ごとを多少まともに考えることができるようになった。

異なる二銀河の四惑星をめぐったのだ！　《エクスプローラー》はよく持ちこたえた。ヴィールス船の複合体は非常にもろく見え、空間褶曲《しゅうきょく》の多いすべての宙域をできれば慎重に通りすぎたいほどだが、着陸用の乗り物としてはなかなかのものであることを実証した。昔なつかしい宇宙レンズＳＬ＝１０１１のごとく惑星大気圏を抜け、内部エネルギー・フィールドによって着陸場所上空にとどまったのだ。もちろん、地面におりるところまではいかない。複合体は強力な反重力フィールドに支えられ、惑星表面ぎりぎりのところを浮遊していた。

われわれが着いたのは、ストーカーが約束したとおり、楽園のような惑星だった。知性体はいない。冒険好きで意欲的な入植者にはまさにうってつけだ。しかし、わが自由主義者たちはそこにとどまるつもりはない。星々への憧れにとりつかれ、はなれられないのだ。よくわかる。わたしも同じようなものだから。そのかわり、かれらは収集熱に囚われた。どのようにしてそれがはじまったかわからないが、船内のどこかにグロスツニクという名の者がいて、自分は偉大な収集家だといっているらしい。グロスツニクは船に輸送グライダーをつくらせ、それで収集品を運びだした。それをまねる者が多く出たのだ。突然、数十機の輸送機が飛びまわり、四惑星めぐりのあと、《エクスプローラー》の一部は暴風雨一過の野外博物館のようになった。わたしにいわせると、集めたがらくたでだれにも迷惑をかけないかぎりは、好きにすればいい。かれらは船の手助けで、集めたものを殺菌し、保存した。未知の動物の死骸が船内にどれほどあるかわからない。巨大バッタや八つ目ウナギからミニチュア象まで、すべてが滅菌され、永久保存が可能である。

衝撃的なことが六日前の三月二十三日に起こった。わたしが司令室にいたとき、セグメント一四一一の《ヒューセン》から連絡が入ったのだ。インターカムのところにいたのはメンターのフレド・ゴファーだった。かつてのスウィンガーで、いまは妻のエギンをメンターとして育成しているところだ。

「われわれ、思いついたことがあります」ゴファーはいった。

「われわれとは？」わたしはたずねた。「そして、なにを思いついたんだ？」

「われわれとは、ぜんぶで一万人の乗員が乗る三百のセグメントです。それを乗員と呼ぶならば……」

「で、思いついたこととは？」

「おとめ座銀河団に行けば、カピンがどうなったか調べられるかもしれないと思いまして」まったく悪びれずにいう。

「べつのいい方をすると、きみたちは複合体から離脱したいわけだ」

「そうです。あなたが反対でなければ」

わたしはまるで頭を殴られたようだった。しかし、われわれのようなゆるい集団ではこんなことが起きるのだ。だれもわたしについてくる義務を負っていない。自分たちの行き先を自分たちで決めることができる。それでだれかに支障があるのか？　もし、全員がはなれていったら、わたしはひとり中核セグメントであるもともとの《エクスプローラー》で、エレンディラの至福のリングを探せばいい。

ショックは受けたときと同じぐらいすばやく消えた。

「わたしが反対したら、なにか変わるのか？」わたしは質問した。

「残念ながら、変わらないでしょう」答えはかんたん明瞭だ。

それから、一万の乗員を乗せた三百セグメントがはなれて、飛びさっていった。だが、心配する必要はない。フレド・ゴファーは首席メンターとしての職務を引き受けたし、信頼できる男だ。目的地はNGC4594のソンブレロ銀河、カピンの言語ではグルエルフィンと呼ばれている。もしかしたら、また会えるかもしれない。どこでどう道が交わるかわからないじゃないか？　われわれはさらに数時間、プシカムでつながっていたが、それから、連絡はつかなくなった。

いまはまだ、あと千三百のセグメントとほぼ五万の乗員がいる。ほかに特別な希望があるという話はあれから聞いていないが、《ラサト》と《ラヴリー・ボシック》はそろそろ、われわれの近くからはなれるらしい。ロナルドとロワはこちらの四回の航行中断にかなり怒っていた。わたしが着陸を提案するたびに、それを思いとどまらせようとしたのだ。しかし、どうすればよかったのか？　数千人の収集マニアたちを説得して、しばらく辛抱させるよりはいいだろう？　それに、ロナルドやかつての自由航行者たちが至福のリングのためにわれわれに同行しているのでないことは、はじめからわかっていた。かれらは自分たちの目的を追っている。十六時半に《エクスプローラー》にくると連絡してきた。すぐになんの話かわかった。規律欠如に対する警告と、最後には友としての別れの言葉だろう。

そうすればいい。わたしにはかれらを引きとめることはもうできない。

いまは十五時十二分。われわれはもう一度、プシ空間からほんのすこし出て、〇・七五光速で宇宙空間を進む。次にまたエネルプシ航行に切り替えたら、あとわずか四時間でエレンディラのはずれに着くのだ。

＊

「ストーカーの話なんて信頼できないことは、あなたにもすぐにわかりますよ」ロナルド・テケナーは真剣にいった。心底から心配しているのが、あばた顔の表情でわかる。「その十二銀河に平和を愛する種族だけが暮らしているなど、統計だけから見ても、ありえない。二隻のツナミ艦に降りかかったことを考えてみてください」

「ツナミ艦二隻になにが起こったか、だれもわからないのだぞ」ブルは答えた。「ここ力の集合体エスタルトゥで攻撃を受けたことだって、確実ではない。ストーカーの話は信じられないと、きみ自身もくりかえしいっているだろう？」

「そもそも、そのことはどうでもいいんです」ロワ・ダントンが口をはさんだ。「あなたは未知宙域に足を踏み入れようとしている。困難を予想しなければなりません。戦わざるをえなくなるかもしれない。あの秩序のない集団をひきいて、戦うことはできませんよ。だれも命令しないし、勇気を出して命令する者がいても、だれもしたがわないかもしれない」

話しあいはレジナルド・ブルの宿舎にある、かれがオフィスと呼んでいるキャビンでおこなわれた。不規則なかたちの壁は、自然の岩をそのまま使っているように見え、洞窟を思わせる。設備は快適だった。明るい薄黄色の光はテラの夏の日の太陽のようだ。洞窟壁の二カ所のはめこみスクリーンは窓のようになっていて、向こうに陽光あふれるテラの風景がうつしだされている。大きく伸びた草が風に吹かれて波のようにうねり、木々の梢はゆっくりと揺れ、遠くには馬につながれた古いかたちの乗り物がゆっくりと道を進んでいく。群青の空にちいさな白い雲が、まるで綿球のように浮かんでいた。遠い星々への憧れでいっぱいだという男の心の一端がとてもよくわかる。つまり、レジナルド・ブルは心の奥でホームシックに苦しんでいるのだ。

ロワ・ダントンの警告に、レジナルド・ブルは大げさに両手を高くあげて、作業デスクに近よった。それがただひとつの家具で、このデスクがあるからこのキャビンはオフィスと呼べるのだった。

「きみたちは心配しすぎだ」レジナルド・ブルは訴えた。「戦闘とか紛争に巻きこまれるつもりはない。わたしはだれかと戦争をするために向かうのではない。もし悪だくみをする者がいたら、そこから逃げだす。毅然として英雄ぶるようなことはしたくないからだ。それに、最悪の事態になっても、わたしにはまだこれがある」

レジナルド・ブルは横を向くと、乱雑に山積みになった書類の下からのぞいている短いパイプを投げやりなしぐさで指さした。

「ストーカーのパーミットですか！」テケナーはうなるようにいった。「まさか、それにたよるつもりじゃないでしょうな？」

「いけないか？　せめて、ためしてみたいのだ」

ロワ・ダントンはため息をついた。

「もういいじゃないか、テク。ブリーを説得するのは無理だ。それどころか、もしかしたら、かれのいうことが正しいかもしれない。争いに巻きこまれそうになったら、その前に脱兎《だっと》のごとく逃げだせば、大事にはならないだろう。かれの幸運を祈るしかないな」

男たちはおたがいに握手をかわした。憂鬱《ゆううつ》そうな表情がレジナルド・ブルの顔にあらわれた。

「きみらがいなくなると寂しいよ、石頭たち」

「いいますね」テケナーはにやりと笑った。「あなたはひねくれ者だ」

「また会う日まで」ロワ・ダントンはいった。

別れの挨拶は短かった。かれらの心に満ちている感情は、無表情というマントの下にかくれていた。

*

NGZ四二九年三月二十九日

行ってしまった。プシカムによる連絡は数分前にとぎれた。かれらはわたしを心配してくれるいい友だ。だが、どうやって説明すればよかったのだ？　たとえ規律などないように見えても、非常時になればわたしはわが乗員たちを全面的に信頼するだろうということを。たしかにここ船内では全員が個人主義者だが、それは知性ある個人主義者だ。緊急の事態には団結し、一致した行動をとらなければやっていけないことを、即座に理解するだろう。

それはそうと、わたしは逃げだすということを大まじめに考えている。戦うつもりはない。敵が目の前に立ちはだかったら、わざと無視するだろう。

指のない奇妙な手袋にも似た、ストーカーのパーミットに関しては、もちろんロナルドのいうことが正しい。ストーカーを信じるのはおろかかもしれない。それでも、チャンスがあったらまずためしてみたい。そうすれば、それがたよりになるかどうかわかるだろう。

ロワとロナルドにいつ再会できるのか、まだわからない。宇宙はひろいし、おたがいの道が交わるよりも、すれ違う蓋然性のほうが本質的に高いだろう。しかし、われわれ三人とも、自分の身に気をつけてさえいれば、長く生きられるのだ。また会えると確信している。

気分が暗くなる考えなんか、とっとと消え失せろ！　十八時三十二分にはエネルプシ航行に入る。エレンディラまで、あとわずか四時間だ！

3

「ソト＝タル・ケルのためにはっきりしておこう」レジナルド・ブルはいった。「あの者の言葉は大げさではなかった」

司令室の薄暗い空間でほかにしゃべる者はいなかった。いつもはメンターが占有している席の向こう側に、船がみずから出したホロ・プロジェクションが浮遊していた。見たこともない息をのむほどの美しい映像をうつしだしている。

《エクスプローラー》は動かずに宇宙空間にいた。Ｆ９タイプの黄白色の一恒星……八つの惑星をしたがえる主星……との関係で相対的に動かないという意味だ。この恒星はいきあたりばったりに定めた目的地にあった。エレンディラ銀河のはずれから二百五十光年〝内側〟である。驚くのは第二惑星だ。かつてはテラを彷彿《ほうふつ》とさせたにちがいない。見たこともない、いっぷう変わった衣装につつまれているが……

それは高価な宝石でできたリングのように見える。淡い黄色のトパーズをきらきらと光る宝石がとりかこんでいて、さまざまな色をはなっているようだ。宝石は宇宙の塵でできた環だった。惑星の軌道面に対して、あらゆる傾斜でとりまいている。

レジナルド・ブルはこのような環を二十三も見つけていた。どれも直径はさまざまで、淡い黄色の未知天体の表面から四千五百ないし八十万キロメートルほどの距離にある。またたきながら、あわただしく動いているように見えるが、それは目の錯覚にすぎなかった。塵粒が恒星の光を反射して、変化に富んだ輝きを生んでいるのだ。惑星が恒星の光をさえぎるところでは、黒い影が環を部分的にかくしていく。そのために、全体はさらに不思議な眺めになっていた。

ストーカーが語っていた至福のリングだ。それがいま、目の前にある。ストーカーの描写は感銘を誘うものだったが、事実には遠くおよばない。この光景の美しさをいいあらわせる言葉などないのだ。

ラヴォリーはメンター席にもどっていた。ヴィーロトロンを頭にかぶり、船の精神と直接、連絡をとっている。

「ヴィーの意見では、これらのリングはどれもかつての衛星の残骸ですって」とくにだれにということはなく、ラヴォリーはいった。「リングの塵物質の質量は二百京トンから千京トンとさまざまよ。船は、リングの特定の摂動から、衛星が存在しなくなった時点を算出できるといっているわ」

「二十三の衛星だって！」だれかが背後でうめいた。

レジナルド・ブルが振りかえると、声の主はコロフォン・バイタルギューだった。背が高く痩《や》せた若者で、苦行僧のような顔と長い黒い髪をしている。ドラン・メインスターをふくめた〝困りものの連中〟四人のなかで、ブルは個人的にはこのバイタルギューがいちばん好きだった。のこりの三人のように秩序規律の原則にそれほど執着していない……ほかの乗員のゆるさにははるかにおよばないとしても。バイタルギューは自分を〝極限惑星建築家〟と称していて、自身の奔放な構想を実現できる未知惑星を探しているらしい。

司令室の下に張りだしたテラスから、ドラン・メインスターの妻、アギド・ヴェンドルがあがってきた。収集家のグロスツニクにいわせると、〝骸骨のようにがりがりで、顔はひどく骨ばっていて、口がちいさい〟女だ。赤毛を短く切りそろえていて、いつものように不機嫌なようだ。彼女はコロフォン・バイタルギューの驚きのうめきを聞き逃さなかった。

「そのうえ、ありとあらゆる軌道傾斜角を持つのよ」と、きつい声でつけくわえた。

「このシステムが安定しているなんて、ありえないわね」

レジナルド・ブルはこの目で見たのに〝ありえない〟はないだろうと指摘したかったが、必死でこらえた。アギド・ヴェンドルと口論になったら、大喧嘩に発展するまで通常は一分とかからない。至福のリング全体をはじめて目にする瞬間はとてもたいせつだった。それを喧嘩でだいなしにしたくなかったのだ。

このとき、ストロンカー・キーンが手招きしたのが、ありがたかった。かつてのプシ・トラストのリーダーは、ホログラム・ディスプレイからはなれて、計器テーブルのところに腰をおろしている。ブルがテーブルに近づくと、キーンは目を向けた。ほぼ真四角で彫りの深い顔は心配そうだ。そのライトブルーの知的な目には、わずか数メートルはなれて至福のリングを見ているほかの者たちの目にあふれる感動は見られない。実際、キーンはほとんどリングに興味がないようだ。《エクスプローラー》が相対的に静止すると、すぐに計器テーブルに向かったから。

「色が気になるんです」と、キーンが説明する。「一回か二回、航行の途中でこのように淡い黄色に輝く惑星を見ました。ほら、これを見てください」

ストロンカー・キーンが指を鳴らすと、どこからともなくヴィデオ・スクリーンがあらわれた。光点がその上をかすめ、惑星のスペクトルに特有のカーブを描く。

「酸素や窒素、そのほかの気体の吸収ラインです。そして、ここの放出ライン」指で宙をさししめした。スペクトルの右はし、高周波の高いピークがあるところだ。「ガンマ線です。けっこうな量ですよ」

レジナルド・ブルは顔をあげて、ホロ・プロジェクションに目をやった。光るリングにはもう興味はなかった。その惑星の淡い黄色の表面をじっと見る。

「核爆発の影響だな」くぐもった声だった。

「まさにそれです」ストロンカー・キーンは認めた。「放射線であることはきわめて明白です。下にあるこの惑星は、過去に核兵器を使った戦争で殲滅《せんめつ》されたということ」

レジナルド・ブルの視線はいまだにプロジェクションに向いている。

「この惑星は楽園だったのかもしれない」そうつぶやく。「しかし、いまは死んでいる」

＊

レジナルド・ブルは暗澹《あんたん》たる気持ちだった。計器テーブルのところのストロンカー・キーンをそのままにして、熱心な討論の輪にもどる。視線はくりかえし、蹂躙《じゅうりん》された惑星の色あせた姿を探した。その姿を見るたびに、荒れはてた惑星に着陸し、この目で見たいという気持ちが強くなる。

至福のリングの奇妙な配置について討論している者たちのなかで、アギド・ヴェンドルの声がいちばん大きかった。レジナルド・ブルがもどってくると、目を向けた。

「あなたもそう思いませんか、こんな星系がもともと安定していたはずはないと？」アギド・ヴェンドルはブルに大声でいった。

「わからない」ブルは不機嫌に答えた。

「安定するはずがありません」アギドは自分の意見をしつこく主張した。「二十三の衛星がひとつの惑星をこんな軌道で周回しているところを想像してみてください。衛星の最大のものは、質量が惑星の三百分の一はある。重力が働いて、軌道がずれることになります。そうなれば、システム全体が崩壊する。きょうはまだこれらの衛星からなっているとしても、あと五十年もすればすべておしまいでしょうね」

「七十三年です」船はいった。

「いいわ、七十三年としておきましょう」アギド・ヴェンドルは腹をたてたように、甲《かん》高《だか》い声をあげた。「決定的なのは、このリングが自然法則で説明できないことです。きっとなにかある……」

「それはどうでもいい」ブルがアギドの言葉をさえぎった。

アギドは目を大きく見ひらき、ブルをじっと見つめた。まるでブルが、ホロ・プロジェクションの映像はすべて想像の産物以外のなにものでもない、そもそも二十三のリングにまわりをとりかこまれている惑星などは幻想にすぎない、とでもいったかのように。

「どうでもいい、ですって?」アギドはあえぎながらくりかえした。「われわれは比類ない現象を目の前にしているというのに、最初のショックから立ちなおったあとだ。あなたは……」

「あの惑星の表面は最近の核戦争で荒廃した」ブルは相手の言葉を制し、伸ばしたひとさし指で色あせた惑星の方向をさししめす。「わたしの興味を引くのはそこだ。だれが、なんのために戦ったのか？　まだのこっている生命があるのか？　未知の文明にどのような傷痕がのこったのか？」ブルはまわりにいる者たちに同意をもとめるように深くうなずいてみせた。「その疑問の答えを見つけるために着陸しようと思う」

アギド・ヴェンドルはすばやく反応する。

これまでのテーマでは文句をつけるチャンスがないと見ると、彼女の反論精神は完全に調子づいていた。「着陸するですって？」吐きだすようにいった。「核で汚染された惑星に着陸？　正気を失ったのですか？」

レジナルド・ブルは疲れたようにかぶりを振った。アギドと争う気はなかった。

「いや、正気だ。われわれは先を急いでいるわけではないじゃないか。五十時間のあいだ周回軌道にとどまって、必要な計測をすべておこなう。危険がないことがわかったら、着陸しよう」

アギドはブルの横顔を見ていた。その骨ばった顔に、からかいの笑みが浮かんだ。

「待機して、計測をおこなう。慎重に行動するということ。あなたとも思えない発言です、レジナルド・ブル。それはあなたがここ四週間でくだしたなかで、はじめての分別ある決断ですね」

ブルの目が激怒で光った。アギド・ヴェンドルは不安になり、思わずあとずさった。ブルが一歩、歩みよってきたのだ。

「失せろ。なんていやな女だ」ブルは怒った。「もうきみの話など聞きたくない」

＊

NGZ四二九年三月三十一日

わが〝洞窟〟の前は暗く、しずかだ。われわれは船内ではテラニア時間で動いている。いまは午前二時半だ。多くの者は昔ながらの一日二十四時間制を守って、首都テラニア・シティに夜がくるとベッドに入り、太陽が昇れば起きあがる。

もし旧暦で数えるとしたら、いまは四〇一六年だ。地球と人類がすんでのところで恐ろしい運命を逃れてから、二千四十五年が経過した。だが、わたしが〝ホロコースト〟と名づけたこの未知惑星は、どうやらその運命を避けられなかったようだ。なぜ、よりにもよって核爆弾で荒廃した惑星に着陸するのかと、だれもがたずねる。みな、わたしが経験したことを、一九七一年から七二年にかけての不安と恐れの日々を、歴史の教科書でしか知らないからだろう。わたしはこの目で見たいのだ……天の助けとほんのすこしの脅迫と多くの人間の健康な理性によって、最後の瞬間に世界の転換が起こっていなかったなら、地球がどのような姿になっていたのかを。

そこまではノスタルジーだが、それはべつとしても、この下でなにが起こったのか、戦略的な理由からも知りたい。われわれはかなりの時間、力の集合体エスタルトゥに滞在することになるだろう。だれがだれを核爆弾で破滅させようとしたかを調べなければならない。ストーカーが語った至福のリングの美しさは本当にそのとおりだったが、エスタルトゥに住む種族がみな平和的だなどというのは嘘八百だろう。ホロコーストに向けたわれわれの計測機器がしめすものは、この惑星にひろがっているはずの平和を愛する心とはほど遠い印象なのだ。

いくつかのデータを見てみよう。二十三衛星は八百年前に存在しなくなったと、船はいう。その物質がどのようにして均等に散らばり、宝石のリングのようになったか、確認することはもうできない。自然にそうなったとは思えず、むしろなんらかの操作があったように感じる。多くの者はわたしと同じく、惑星ホロコーストで核戦争が起きたとき、衛星も同時に破壊されたと考えるだろう。大間違いだった！　ストロンカーのデータから、この戦争が起こったのは五十標準年前だとわかったのだ。つまり、衛星の崩壊から戦争までのあいだに七百五十年の時間があることになる。完全に荒廃した惑星で、すべての謎を解き明かすような情報を見つけるにはどうしたらいいのだろう。ホロコーストには原始的な植物さえ存在しない。すくなくとも、ひろく分布しているものは。それもストロンカーの計測機器がはっきりと証明している。

アギド・ヴェンドルの主張は正しい。二十三の衛星からなるシステムが自然の力で安定するはずがない。あれほどはげしくどなりつけたのはすまなかったと思う。彼女の絶え間なくののしる甲高い声と、いつも偉そうな態度は勘にさわるが、こんど会ったらあやまろう。

塵のリングそのものがたがいに影響しあい、数十年のうちに独自性を失って、多かれすくなかれ等質な、厚さ一万キロメートルあまりにおよぶ星間物質に変わって、惑星をとりまいたにちがいない。星間物質の大部分はホロコーストに落ちると考えられそうなものだが、そうはならなかった。塵のリングはすべての自然法則に逆らって、どうやら安定したかたちで引きつづき惑星を周回しているらしい。これをどう説明するのか？

人工的に安定させてあるということだ。だれが、どのように、なぜ？　そして、なによりもまず、安定させる過程で必然的に生じるエネルギー活動を、どうして船が確認できないのだろう？　よりにもよって、いつもはなにも見逃さない、われらの《エクスプローラー》が？

ま、二日もすればわれわれが行って、調べよう。なにかあれば、見逃さない。

ああ、それから、わたしはなぜよりにもよってホロコーストに着陸したいのかという質問について、もうひとつ書くことがあった。一度でも土星の雲海上を浮遊して、昇る太陽の光のなかでリングを見た者は、思わず息をのみ、うっとりするようなすばらしい光景を知っている。土星の場合、リングはひとつだが……天文学以上の細かい区別はこの日記では勘弁してもらおう……それがここでは二十三個ある!

そのリングを、地上から見てみたいのだ。

*

乗員たちが決断をくだすのに三十時間かかった。発言の数ではだれにも負けたくない無政府主義者たちにかかったらそんなものだろう。レジナルド・ブルが観察時間としていた五十時間より五時間前に、結論は出た。セグメント一の《エクスプローラー》と二十四セグメントが複合体からはなれ、惑星ホロコーストに向かうと決まった。すぐに着陸することは考えていない。まずは、あまり高くない位置でホロコーストを周回する。二十三のリングを安定させているものの手がかりを探したいのだ。そのせいで、重力の法則はリングになんの手出しもできないでいる。

ラヴォリーは《エクスプローラー》を出た。地上調査のあいだ、のこった複合体の首席メンターとしての仕事を、べつのセグメントからはたすのだ。ストロンカー・キーンはブルのそばにいる。さらに、セグメント一の乗員たちも調査への参加を決断していた。それは、ドラン・メインスターとその同行者三名もいっしょにホロコーストへ行くことを意味する。レジナルド・ブルには非常に不本意なのだが……

惑星表面を五十時間のあいだ観察した結果では、不安の要因となるようなことはなかった。地表は放射線で汚染されて荒れはて、生命はなにもない。起爆装置を持つ核融合爆弾の爆発の結果、特徴的な核崩壊が発生したことが明白に証明されていた。ホロコーストにおける核戦争は、二千年以上も前にテラでもあやうく起こっていたかもしれない。ヴィールス船はみずからの物質でセランに似た宇宙服をつくり、乗員メンバーにあたえた。これは種類と強度を問わず、放射線を防御する。

ホロコーストを近くからよく見ようという二十五セグメントの切りはなしは、わずか数分で終わった。ヴィールスの結びつきがゆるみ、しばらくは混乱が支配するように見えたが、やがて二十五隻がそれぞれ近づき、柱状か直方体状の特徴的な突起でたがいに結ばれる。このあいだ、メンターたちがすることはなにもない。二十五セグメントの結合手順については、それぞれの船がとりきめていた。船自体が人間の手助けなしでそれをやりとげるのだ。

《エクスプローラー》の司令室はしずかだった。メンター席のまわりに、船がみずから出した数多くのホロ・プロジェクションが浮遊している。最大のものはこれから進むコースをしめしていた。頭を混乱させる迷路のような至福のリングと、惑星の色あせた表面。べつの映像は部隊のほかのセグメントで、光るリングの曲面的な完璧さとはしっくりこない、角ばったものがそれだ。船尾方向には、あとにのこった複合体のプロジェクションがうつしだされていた。《エクスプローラー》とその同行セグメントがはなれていくあいだに、複合体の細かい部分がますますおたがいに溶けあって、ついには宇宙空間の暗闇のなかの黄色いしみのようになった。

ストロンカー・キーンはヴィーロトロンを頭にかぶっていた。がっしりした顎とくっきりと浮きでた頬骨のあるいかつい顔は無表情だ。メンタル・レベルで船と会話している。レジナルド・ブルは数メートルはなれてくつろいでいた。二日以上前にキーンがホロコーストでの核戦争を証明した計器テーブルにすわっている。だが、計器類にはまったく関心がないようだ。視線はもっとも大きなホロ・プロジェクションに向いていた。二十三のリングのうち、いちばん外側のものがゆっくりと《エクスプローラー》に近づいてくるのを見ている。

数百キロメートルはなれたところからプロジェクションが見せているそのリングは、多少でこぼこのある幅ひろい道のようだ。等質に見えるリングの物質が、いまその構造をしめしている。塵のリングという表現を言葉どおりに受けとることはできない。ふつうの一軒家ぐらいの大きさかと思うような岩ブロックも見える。だが、そういうものはめずらしかった。船にたのんでその部分を拡大させると、リング物質のほとんどは鳩の卵からこぶし大の石であることがわかる。リングは遠くからはガーネットのような赤色に強く光っていたが、すぐ近くでは、ただぼんやりとした赤い薄明かりぐらいにしか見えない。それ以外は、この幅二キロメートルの道はグレイで単調だ。

惑星のまわりをめぐるリングのゆっくりとした回転は、見ていてもわからない。じっととまっているように見えるのだ。《エクスプローラー》がそのリングの〝下〟に……ヴィールス船内の人工重力がなければ上下の概念の定義はむずかしいのだが……もぐりこみはじめると、リングは宇宙空間の暗闇を背景に黒い橋のように浮きでる。《エクスプローラー》がその影を抜けると、わずかのあいだリングは見えなくなる。そして、また暗闇からあらわれる。最初は細い糸のようなものが、しだいに幅をひろげていき、たいらな青白い帯になる。光は以前とくらべるとほんのわずかだ。こちらはリング物質から漏れてくるなごりの光を下から見ているわけだから。

《エクスプローラー》はぜんぶで二十三のうち五つのリングを、千キロメートルたらずはなれて同行する船といっしょに通過した。この入りくんだリング全体を見て心配になるかもしれないが、航法はかんたんだ。渦を巻く塵や、ゆっくりと滑っていく岩ブロックのすべてをもってしても、惑星ホロコーストのまわりの宇宙空間は九十九パーセント以上が虚空で、物質はなかった。しかも、《エクスプローラー》はそれほど速度をあげていない。秒速十二キロメートルになるかならないかだ。それに、船のさまざまな操縦機能やセンサーが操縦を楽にした。

いまやリングにさえぎられない、むきだしの惑星表面が目の前にある。レジナルド・

ブルがその眺めに集中したいと思ったとき、船の声がした。

「レジナルド・ブル」低い声はいった。「あなたがすわっているのは計測機器の前です。そこにいまとどいたものをよく見てください」

＊

計器にはっきりとあらわれていた。《エクスプローラー》が重力ショックを受けたのだ。強度は軽いが、惑星表面からきているらしいことが確認できる。それに、これが極端に集束された放射であることも。《エクスプローラー》のすぐそばにいるべつのセグメントも、同様にこれを記録していた。はなれている船は、この放射に気づかなかったようだが。

「これで、遅ればせの弁解ができそうです」船はふざけていった。「わたしがリングのシステムを安定させるエネルギー活動に気づかなかったと、みな大騒ぎしましたね。しかし、その活動に持続性がなく、ただ断続的にしかあらわれないのならば、不思議はないと思いませんか？」

「この重力ショックがリング・システムの安定に役だっていると思うのか？」レジナルド・ブルはたずねた。

「そうでなければ、ほかにどんな目的があると？　システムはエネルギーをむだにすることなく、効率的に動いています。リング内部の不安定さはゆっくりと生まれ、長い時間をかけて消える。システムはこうした状況がほぼ危機的になるまで待ってから、極端に集束された正確な量の重力インパルスを放射することで、問題を解決するのです」

「重力ショックの出口となっている場所の方位測定ができるか？」ストロンカー・キーンはたずねた。

「そうかんたんではありません。直径三千キロメートルにおよぶ、ある場所からインパルスが出たにちがいないとはいえますが。もっと正確にいうと、あるふたつの場所です。ひとつは惑星のわれわれに面している側に、もうひとつは反対側にあります。重力ショックはハイパーバリーとなって放射されています。それが反対側からくるとしたら、この惑星を損傷することなく、かんたんに突きぬけられるのかもしれません」

ブルは考えこんだ。

「上の周回軌道にいる複合体がインパルスを記録していたら、三角測量ができるかもしれない」ブルはひとり言のようにつぶやいた。しかし、船はそれを聞き逃さなかった。

「気づいていそうもありませんね」船は答えた。「複合体は重力ショックが抜けたルートから遠くはなれています」

「そこへゾンデを出したんじゃないのか？」ブルは反論した。

「そのとおりです」柔らかく低い声はいった。「しかし、ひとつ考えてみてください。

インパルスの目的は、リングの位置関係が不規則になるのを解決すること。そのためには、インパルス自身が持っているエネルギーを放出するしかありません。明らかにインパルスは、不規則になったその場所まではっきりと検出し、そこで効果を発揮するわけです。そのあとにまだのこっているエネルギーがあるとしても、もともとインパルスにあったもののほんの一部分でしょう」

「ま、いい」ブルはうなった。「やってみる価値はある。すまないが、ラヴォリーにつないでくれ」

べつのホログラム画面が明るくなった。ラヴォリーがセグメント一三三のメンター席にすわっている。彼女のヴィールス船に、だれかが話したがっていると連絡が入ったのだ。ラヴォリーはレジナルド・ブルを見つけてにこやかにほほえんだ。ブルは用件を話した。ラヴォリーが一瞬、目を閉じ、船と相談している。ふたたび目を開けると、すまなそうな顔をした。

「こちらではまったく気づきませんでした」

「ゾンデもか？」

「ええ」

「それならば、これ以上どうしようもないな」ブルはがっかりして、「《エクスプローラー》が教えてくれたふたつの場所をくまなく探さなければならないようだ。ともあれ、感謝する……」

「ちょっと待ってください」ラヴォリーがあわててさえぎった。「いま、新しいデータが……」

ラヴォリーは放心したようになって、船の精神の声に耳をすませている。顔が明るくなり、目が輝いた。

「ここになにかあります」ラヴォリーは勝ち誇ったようにいった。「ちっぽけなエネルギー流がひとつだけ。統計的に許容誤差の範囲内ぎりぎりです。あなたからの要請がなかったら、だれもそれに気づかなかったでしょう。ただひとつのゾンデがそのエネルギー流を感知しました。たまたまその場にいたようです。時間も合っている。あなたが探している重力ショックの残余エネルギーかもしれません」

「すばらしい」ブルは興奮した。「そのデータを送ってくれ」

測定値の転送は船から船へ音もなくおこなわれた。それをレジナルド・ブルは計器コンソールで呼びだすこともできたのだが、そうはせず、《エクスプローラー》がデータ判定するのを辛抱強く待つ。

「運がよかったですね、ブル」船はいった。「重力インパルスのエネルギーが千分の一パーセント、のこっていました。偶然にその場にいたゾンデが反応したのです。それが本当に重力ショックの残余エネルギーであることは、場所と時間からはっきりわかります。これで、インパルスが出たにちがいない場所はしかるべく限定できるでしょう。プラスマイナス二十キロメートルまで確定できます。ただし、探している場所が惑星のどちら側にあるかは、まだわかりませんが」

「それはかまわない」レジナルド・ブルは機嫌よく答えると、ラヴォリーに向かっていった。「ありがとう。とても助かったよ、お……お……」

成人女性をもう〝お嬢さん〟と呼ばないとかたく決心していたのを、そこで思いだす。当惑しているブルを、ラヴォリーはおちついたユーモアであしらった。

「あなたはオットセイの鳴き声がとても上手ですね」そういって笑ってから、連絡を切ったのだ。

ブルはすぐに姿勢を正した。

「方位測定した場所にまっすぐに向かうぞ。こちらの側で見つけられなければ、惑星を半周して反対側で探そう」

「了解しました」船は答えた。

＊

この悲しい光景は人間の想像力をこえている。黄色がかった灰色の埃《ほこり》だらけの荒野は地平線まではてしなくのび、砂丘のなかに道の一部分がところどころのぞいていた。過去五十年で地形が急激に変わり、新しい流れをつくった川もあちこちに見える。いちめんの塵のなかに湖がぼんやりと光っていた。わずかに凹凸《おうとつ》が見えるひろい場所は、以前の都市かもしれない。

山並みは不規則な間隔で視界にあらわれる。年代をへてすり減っているように見えた。核爆発のものすごい爆風が山頂をもぎとり、岩石を塵にまで細かく砕いていた……この惑星のすべての表面をおおっている、あの塵だ。二十五セグメントからなる船団はちいさな内海を飛びこえた。海面の波は、なにごともないかのように青く光っている。しかし、《エクスプローラー》の計測によれば、波の下にも有機生命体はもはや存在しないらしい。

ヴィールス船団は死の惑星の三キロメートル上空を移動していた。最初の測定地点周辺には、重力ショックの出口でありそうなものはなにも見つからなかった。もちろん、重力インパルスを放射したプロジェクターが地下にとりつけられている可能性もある。苦労してそこを発掘する前に、べつの側にある第二の測定地点に向かおうと、レジナルド・ブルは決断していた。ふたつの地点は赤道のすぐ近くにあった。惑星の周囲の長さは三万六千キロメートルある。《エクスプローラー》と同行の船は音速の三倍で進んでいる。このヴィールス船団が第二の測定地点に到着するまでになんだかんだで六時間かかるだろう。六時間……乗員の自由主義者と無政府主義者たちに、ずっと心に重くのしかかっていたことをぶちまける六時間だ。

「きみたちの下をよく見てくれ」その声は全二十五隻の船内で聞こえた。「核戦争がどれほどの愚行かを、よく見るのだ。ここでだれが戦ったのか、どのような理由で戦ったのかわからない。しかし、われわれはその結果を見ている。これ以上、明白に語ってくれるものはない……」

聞いている者たちがどんな印象を受けたかわからないが、それはどうでもよかった。なにか話して、気持ちを軽くすることが重要だったのだ。知性体は争いと対立を非暴力で排除する方法を見つけなければならない。どのような戦争も、きっかけはもっともな理由があるかもしれないが、文明を数歩あともどりさせる。敵味方の双方をいやおうなしに抹殺する武器が引き起こす戦争ほどおろかしいものはない。

この話にどれほどの効果があるかはわからない。しかし、だれもが認めざるをえないことがある。ブルの話には説得力があった。かつて危機一髪のところでカタストロフィを回避したという、悲痛な思いからだったのだ。

レジナルド・ブルが話し終えてしばらくして、《エクスプローラー》は、とある大洋の海岸近くを航行していた。恒星を追いこして西へ向かい、しだいに夜になる。部隊はすでに水面上空を数百キロメートルも移動していた。そのとき、船の声がした。

「低エネルギーの振動を認めました。有機細胞、あるいは細胞の集合体から出ているものにほぼまちがいないでしょう。深海にはまだ原始的な生物が存在するのかもしれません」

それは、レジナルド・ブルの怒りをこめたスピーチとは対極の知らせだった。自然は知性体のおろかさを回避して、最悪の事態を防いでいた。海底深く生きる、すべての生命形態のなかでもっとも原始的なものが、殲滅をまぬがれたのだ。惑星は新しいチャンスを手に入れた。もちろん、ふたたび知的生物が発生するまでにはほぼ十億年かかるだろうし、知性体の第二世代は第一世代よりうまくいかないことも、おおいに考えられる。同じ愚行をくりかえし、みずからを抹殺するかもしれない。自然は三回めの創世をはじめなければならないかもしれない。そうなると、多くの希望はなくなる。それまでに恒星の核燃料がなくなるときが近づくだろうからだ。

4

第二の測定地点に近づいたのは、さんざん痛めつけられた惑星に夜がきたときだった。進化の永遠のサイクルがその懐であらたにはじまろうとする大洋は、もう通りすぎている。船は測定機器のエコーから想定映像をつくっていた。海岸から陸地にかけて、まずはゆるやかにのぼり坂になっている。八百キロメートル内陸へ入ると、あたりは山がちになり見通しがきかない。しかし、いま重力インパルスの出口だと特定された場所に到達してみると、それ以上探す必要がないことがわかった。

その施設は……というか、施設の残骸は……数メートル幅の長くのびた谷のなかにあった。その北と南には、険しい山々がさえぎるようにそびえている。谷のなかでもやはり、二度の中規模の核爆発があったようだ。その結果は、想定映像がしめす荒廃だった。しかし、この谷の大部分は、カオスの頂点ですべての惑星表面に荒れ狂った火災旋風の二次被害をまぬがれている。両端の山脈が大爆風を防ぐか、あるいはその圧力をすくなくとも軽減したのだ。谷底の砂と塵の堆積は最小限ですみ、十五メートル以上も姿を見せている廃墟もある。

そこの構造は、都市と判断するにはあまりに規則的で、あまりに左右対称だった。ざっと数えて四百の建物がある。以前はひとまとまりのものとして、なんらかの目的に使われていたのだろう。軍事目的か、研究目的か、あるいはただたんに作業場だったのか。五十年前までここにあった発電施設かもしれないし、研究ステーションや要塞かもしれない。いずれにしても、リング・システムの安定化に使われている謎の重力ショックはここから出ていたのだ。ヴィールス船もその意見に賛成した。

「ここ以外には、どこにもそれらしい施設がこの惑星にはありません」船はいった。

「その機能をまだはたすには、損傷がひどすぎます」

ヴィールス船の部隊にとって、谷底の幅は充分ではない。二十五のセグメントは降下したが、角の多いごつごつした船体の上に、サンドブラストのような火災旋風にまるく削りとられた山頂が数百メートルそびえるところまでだ。いちばん下のセグメントは、谷底から二百メートルほどのところに浮遊している。それから、この奇妙な外観の乗物部隊は停止した。

レジナルド・ブルはしばらくホロ・プロジェクションをじっと見つめていた。そこには《エクスプローラー》の下の地面がうつっている。やがて、ブルはゆっくりと、大儀そうに立ちあがった。破壊された惑星の眺めで気がめいったようだ。

「わたしにセランをつくってくれ」船に要求した。「外を見てまわりたい」

ストロンカー・キーンも同様に立ちあがっていた。

「いっしょに行きます。部隊はしばらくわたしなしでやっていけるでしょう」

*

夜の静けさのなかを、ふたりはゆっくりと降下していった。しばらく眼下の瓦礫の風景は忘れて、夜空に目を向ける。そこは信じられないくらい美しかった。

まるで色とりどりの巨大なアーチ橋のように、天空にかかるリングが見える。その光は弱く、テラでの星明かりの夜よりも薄暗い。金銀線細工のヴェールのようにはかなく繊細で、天空のアーティストがつくった壊れやすい作品のようだ。描く軌跡とカーブの多様さで、見ている者の頭が混乱する。長い草刈り鎌のようにななめに夜の空を抜けてのびているものもあれば、幅のひろいアーチ橋のようにあらわれて、さまざまな色の三つの弧が重なりあっているものもある……下のはしは惑星が自分の影で切りとっているようで、見えない。

リングの橋のあいだには、異銀河の星々がまたたいていた。数はあまり多くない。エレンディラ銀河の周縁部なので、中心近くほど星の数はないのだ。男ふたりは谷に入ってみて、不思議な気持ちだった。故郷惑星から四千万光年はなれているのだ。人間の理解はおよそおよばない距離である。至福のリングという奇蹟が、かれらを魅了していた。なにも考えずにただ眺めていると、一瞬、本当にべつの宇宙にいるような気持ちになる。

着地の柔らかい衝撃が、ふたりを現実に引きもどした。一ヘクタール以上のひろさがある、大きな廃屋の近くにいた。アーチ形の大きな窓の向こうに暗闇がひろがっている。風に運ばれた砂が、壁の下に積もっていた。レジナルド・ブルは背筋が寒くなった。五十数年前まで営まれていただろう生活を想像したのだ。住民はどのような外見だったのだろうか？　これらの建築物はけっして異様ではないし、せいぜいすこし不格好で退屈なだけだ。ヒューマノイドだったのかもしれない。もしかしたら、どこかに異種族の構成メンバーの死骸があるかもしれない。

ブルはストロンカー・キーンにはかまわず、以前は扉だったのかもしれない高い長方形の出入口を抜けて、廃屋のなかに入った。そこは四角いホールだった。まわりの壁はかなりのこっていて、高さ五メートルほどある。ブルはヘルメット投光器の光度を落として、先に立って歩いた。上を見ると、四角く切りとられたような夜空に、青く光るリングが弧を描いている。立ちどまって、周囲を見まわした。防護服のブーツの靴底はぶあつく、塵のなかにはっきりとした足跡をのこしている。これで迷子になる危険はないだろう。

さらに先に進んだ。四角いホールはいくつかの扉を抜けてほかの部屋につながっている。かつての惑星住民の姿かたちを知る手がかりを探しながら、順番にくまなく見てまわった。しかし、成果はなかった。金属の塊りをいくつか見つけた。表面はガラス化した部分もあり、ひどく腐食しているところもある。ふたつの核爆弾の爆発のさいの高熱は、すべてかたちをとどめないほどに溶かし、ひとつにしていた。この壁だけが高温に耐えたのだ。このような状況では、ホロコースト住民の遺体をほんの一部でも見つけるのは望み薄だろう。

より建物の奥へと入っていく。長く幅ひろい通廊に沿って移動した。建物はかなりゆったりとつくられていたらしい。通廊の左右の部屋を見てまわる。ようすはどれも同じだった。塵と砂の薄い層が床をおおっている。すみのほうでは砂が風で吹きよせられ、ちいさな砂丘のようになっていた。溶けてふたたび凝固した金属の塊りがあちこちにあった。殲滅のこぶしは容赦なかったようだ。

ヘルメット受信機から突然ストロンカー・キーンの声がして、ブルは驚いた。

「あなたがいま、どこにいるにせよ」キーンはいった。興奮しているのがわかる。「立ちどまって、耳をすましてみてください」

レジナルド・ブルはいわれたとおりにした。夜はしずかだ。ブーツの底の下で砂がきしむ音がかすかにするぐらいで、それ以外はなにも聞こえない。しかし、キーンにそう返事しようとしたとき、ほとんどわからないほどかすかな振動を感じた。それは床から伝わってくる。外側マイクロフォンはどれも最高感度に切り替えている。息をとめて、耳をすました。数秒後、弱々しいため息のような音が聞こえた気がした。もしかしたら、砂が崩れるときの音かもしれない。しかし、じっと待っていたが、ため息も床の軽い振動もそれきりだった。

「いったいなんだったんだろう？」ブルはたずねた。

「あなたのほうがはるかに賢いんだから、わたしに訊かないでください」ストロンカー・キーンはからかうようにいった。「わたしもわかりません」

「船よ」と、ブルは呼びかけた。

「なんでしょう」《エクスプローラー》の声がした。

「われわれがどこにいるか知っているだろう。ここに、われわれの防護服から出るもの以外のエネルギー活動があるか？」

「ありません」柔らかい声は答えた。「それに、わたしがその場所を見張っています。あなたたちふたり以外に下で動くものはありません」

レジナルド・ブルはまわれ右をした。崩れ落ちた廃屋のまんなかにいるのが、急に薄気味悪くなってきたのだ。突然変異した怪物が、この廃墟でなにか悪さをしていると想像してしまう。ここまでのこしてきた足跡のおかげで、外に出る道は見つかった。ストロンカー・キーンが外で待っていた。

「たぶん、たわいのないことだと思いますよ」と、キーン。「壁の一部分が崩壊して、地面に落ちたんでしょう」

ストロンカー・キーンが感じたのは鈍い衝突音と地面の細かい揺れだったという。ブルが聞いたため息のような音は聞いていない。ふたりは考えこみながら、そこから立ちさった。未知惑星の重力はテラの八十パーセントしかない。夜の外気は驚くほど冷たく、ほぼ摂氏五度しかなかった。セランの温度計を信じるならば……

レジナルド・ブルは小山のようなものをよじのぼった。壁の残骸が砂でおおわれたものだ。そこで周囲を見まわした。東側の空が赤くなっている。恒星は、三時間半前に沈んだその場所に、またすぐ地平線上から昇ってくるだろう。柔らかい風が吹き起こった。外側マイクロフォンはやさしい鈴のような音を伝えてくる。層になった砂粒が動き、おたがいにこすれあって生まれる音だ。

目をあげると、ヴィールス船団の巨大な塊りが頭上を浮遊しているのが見える。反対の西のほうを見ると、至福のリングの色とりどりの軌跡が、明けはじめた朝の光のなかで色あせていく。ブルはそのままじっとして、数分間、見たこともない世界の魔術にひたすら見入っていた。

まったく月並みなやり方でかれを夢心地から現実に引きもどしたのは、ストロンカー・キーンだった。ヘルメット受信機から大きなあくびが聞こえたのだ。それから、プシ

・トラストのかつてのリーダーはいった。

「充分に異世界を堪能しましたよ。わたしはいまから何時間か寝ることにしたいと思います」

＊

NGZ四二九年四月三日

数千名が谷底の廃墟におりた。ここで、じつにくだらない収集癖にも利点があることがわかった。かれらは船に輸送機と掘削機をつくらせていたのだ。ヴィールス船はそういうことには気前がいい。ヴィールス物質のストックを持っていて、必要に応じて要求されたものをなんでもつくることができる。希望に応じてつくりだされた装置、機械などは、用がなくなれば分解され、ヴィールス物質としてまたストックされる。

ともかく、数時間の掘削でかなりの発掘品があった。かつてのホロコースト文化の姿を再現する助けになるかもしれない。発掘場所には以前は地下室があったにちがいない。地下室は二度の核爆発の爆風によって倒壊したあと、流れこんできた土砂《どしゃ》に埋まっていた。そのため、地下室にあったものがふたつの火の玉の灼熱地獄の犠牲にならなかったことは納得がいく。

そこで私心なく作業をしたたったひとりの者は……かれの名誉のためにいっておくと

……なんとドラン・メインスターだった。同行者三名と専門家数名を駆りだし、重力インパルスを発生する設備を探したのだ。たしかに生態学者ではあるが、その行動は技術者としての才能を証明していた。かれはこう考えたのだ……惑星の荒廃後、五十年ものあいだ命じられたままの使命をはたしている機械なら、地獄の火災も耐えぬいて無傷であるにちがいないと。しかし、それは機械が地下空間の、二度の爆発のショックでも倒壊しなかった場所にある場合のみだろう。だから、地下空洞のようなものを探すことにした。それはきわめてかんたんだった。メインスターは《エクスプローラー》から超音波測深機六台の提供を受けている。これを持った専門家グループをあちこちに振り分けた。みなすばやく成果をあげ、四時間のうちに敷地の二十五パーセントを測深した。メインスターの理論が正しければ……わたしもその理論はまともだと思った……そのうちリングの軌道を安定させる装置が見つかるだろう。わたしは緊張して待った。

そのあいだにストロンカー・キーンとわたしは、というと……

レジナルド・ブルの日記の記載はとりあえずここまでだった。船の声がしたのだ。

「おじゃまでしたら申しわけありません」船ははじめた。

「どうでもいいことをやっていた」ブルはいった。「じゃまではない」

「まだ記憶が新しいうちに考えを書きとめるのは、どうでもいいことではありません。

多くの知恵はそのようにして伝わるもの。そうでなければ、失われていたかもしれないのです」

レジナルド・ブルは眉間《みけん》にしわをよせた。

「ひょっとしたら、きみはわたしをひそかに監視しているのではなかろうな？」きつい口調で、怒っているふりをする。

「あなたもよくわかっているはずですよ」船はたしなめるように、「ひと言いってくれれば、あなたがプライベートな場所に閉じこもっているときは、おじゃましないようにします」

「そういうつもりではなかった」ブルは笑いとばした。「なんの用だ？」

「エネルギー・シュプールを見つけました。あるグライダーから出ているようなのですが……」

ブルは立ちあがった。

「それをいうのに、こんなに時間をかけたのか？」ブルはこんどは本当に怒っていた。

「きみの話は……」

「ま、おちついてください、人間よ」柔らかな低い声がブルの言葉をさえぎった。「そのシュプールは三十マイクロ秒しかつづかず、はじまりも終わりも山中の道なき道で発生したもの。あなたにいま報告しても、あるいは半時間後に報告しても、まったく同じことなのです」

ブルは怒りだしたときと同じようにすぐにおちついた。

「ひょっとして、われわれ自身のグライダーかもしれないのか？」ブルはたずねた。

「いいえ。わたしは自分の物質が出す散乱放射の特徴を知っていますから。それは未知のグライダーです。ただ、なぜそれほど短いシュプールしかのこさないのかが疑問です。それは以前にはどこにいたのか、そして、そのあとどこに消えたのか？」

レジナルド・ブルの情熱が目をさました。

「つまり、この惑星には生命が存在するということ……」

「すくなくとも、機械のようなものが」船は口をはさんだ。「そのグライダーを有機生物が操作している形跡はありません」

「調べてみよう」ブルはうなるようにいった。「ただちに、ストロンカーとわたしとで。搭載艇に測定データを転送してくれないか」

「すでにしてあります」船は答えた。

＊

鋭くえぐられた死の谷底と暗闇の峡谷が縫うようにつづく山岳地帯の五千メートル上空を、二隻の搭載艇が行く。ヴィールス船団が上空に浮遊している谷は、そこから六十キロメートル南にはなれていた。恒星はほぼ天頂に位置している。もう半時間以上、搭載艇二隻はグライダーの発するごく短いエネルギー・シュプールを認めた一帯の上空をあちこち移動していた。シュプールは《エクスプローラー》が発見したのだが、これまで捜索は成果がない。生命の痕跡は、機械的なものも有機的なものも、塵におおわれた荒れた山地にはなかった。

搭載艇はぜんぶで五つあるパズル・ピースのうちのふたつである。それらは《エクスプローラー》の側部に継ぎ目なくぴったりとつなぎあわせてあり、母船と同じように不規則にあちこち角ばってはいるが、はるかにちいさい。エネルプシ・エンジンはなく、ただ在来型のグラヴォ・エンジンしか持っていない。それでもほぼ光速に近い速度を出すことができる。搭載艇は、たとえ一時的に《エクスプローラー》からはなれたとしても、母船の構成要素であることには変わりがない。レジナルド・ブルとストロンカー・キーンに話しかける搭載艇の声は、実際に《エクスプローラー》の声だ。

ブルはエネルギー探知機の計器にざっと目を通した。どれもなんの反応もない。埃だらけの荒れた山間で動くものはない。ストロンカー・キーンの声がテレカムから聞こえてきた。

「ここの上でぶらぶらしていても、どうにもなりません。降下して、谷底と峡谷を調べるしかないですね」

レジナルド・ブルは、もうこの捜索には意味がないことを七割がた納得していた。このように見通しのきかない場所で、ほんの三十マイクロ秒しかシュプールをのこしていない未知の乗り物を、どうやって見つけようというのか……それも、半時間以上も前のことなのに？　しかし、くじけず熱心に探すキーンをがっかりさせたくなかった。

「いいだろう。捜索地帯を分担しよう。そうすれば、おたがいにじゃまをすることがない」かれは答えた。

分担は《エクスプローラー》の協力で決めることにした。搭載艇が伝えるデータがあれば、船はこの山岳地帯を申しぶんなく概観できる。レジナルド・ブルが見ているなか、ストロンカー・キーンは艇をかたむけ、急降下していき、すぐに切り立った岩壁のあいだに姿を消した。ブルは仲間の思いきった行動にほほえんで、キーンよりはるかにゆっくりとだが、みずからも意を決して同じように降下していった。なにか見つかるとは思っていなかったが……

レジナルド・ブルはくねくねと蛇行する谷に沿っていった。以前はここに流れがあったらしく、川のあとはまだはっきりと谷にのこっている。火災旋風が水源を埋めてしまったのだ。何百年ものあいだには川床も砂と埃で埋まり、最後には姿を消すかもしれない。かれは、まわりのようすを伝えている三つのホロ・プロジェクションになにげなく目をやった。エネルギー探知機を気にする必要はない。なにか注意を引くものが見つかれば、装置が知らせてくるからだ。

ブルはぎょっとした。キーンがひどく大きな声で話しかけてきたのだ。

「あなたの目と鼻の先に見えるはずです。なにも気づきませんか？」

ブルはそのままシートで背筋をまっすぐに伸ばして姿勢をととのえた。

「だれが？　なにが？」頭が混乱した。「探知機は信号さえ出していない」

「ＩＧＦ帯に切り替えてください。そいつはどうやら、まったく従来のものと異なるエンジンを使っているらしい。なかばグラヴォ・メカニズムで、なかば電磁メカニズムという」

「そいつ？」ブルは切り替えながらつぶやいた。

さらに、この瞬間に探知システムが独特の警報音を出しはじめた。これをずっと待っていたのだ。ヴィデオ・スクリーンがあらわれ、座標格子《こうし》が異質なパルスの発信場所をグリーンの光点でしめしている。中心から座標軸数本ぶんだけはなれた場所だ。

「警告！」《エクスプローラー》の声がした。「わたしもインパルスをキャッチしました。最初のときは未知の乗り物は従来型のグラヴォ・エンジンを使っていたのですが、こんどの一連のインパルスは、どうやらさまざまな推進装置を使っているようです」

ブルは搭載艇を軽く横にかたむけ、谷のカーブに沿って航行した。絶壁がかわるがわる目の前にあらわれる。ブルは幅ひろい谷間を見おろした。すると、そこに……なんとまあ！　異物体があるではないか。

「おや、これはなんてことだ！」ブルの口から思わず出た。探究心が突然また目をさました。

「見える！　見えます！」ストロンカー・キーンは興奮して叫んだ。「航行をストップせよ。驚かしてはいけない」

搭載艇はその声に自発的にしたがった。降下しながら、一秒間に数メートルという這うような航行になるまで、前進速度を落としていく。レジナルド・ブルは魅せられたように未知の乗り物に見入った。ひと目見ると、巨大なハリネズミのようだ。十メートルの長さと四メートルの高さがある。変わった乗り物の外殻は鈍く光る金属だった。何百もの鋼の棘《とげ》があらゆる方向に伸びている。ハリネズミはしずかに伏せていた。有人かどうかわからないが、搭載艇の接近に気づいているとしたら、知らんふりするつもりらしい。

「そのままそこにいろ。しかし、目をはなすな」ブルは友に指示した。「ふたりで近づいたら、相手は不安になるかもしれない」

「了解」キーンは短く答えた。「〝サイモン＝ファアド〟でいきましょう」

サイモン＝ファアド！　すべての銀河航法士が標準の遠征用装備として持っている放送プログラムだ。異知性体とのコミュニケーションの試みにおいて避けがたい胃の痛みには、特効薬となる。褒《ほ》め言葉など死んでもいわない批評家でさえ、絶讃するプログラムだった。異星言語学者サイモンと異星論理学者ファアドは、もう二百年以上前にこの世を去っている。しかし、まったく未知の異質なメンタリティを持つ生物に、こちらに敵意がないことをわからせる製品は、ほかに例がなかった。だから、改良の余地はないようだ。

サイモン＝ファアド・プログラムは、異質な考え方をする生物でも頭を悩ませずに意味が理解できるような、かんたんなシンボルの連続からなっている。これらのシンボル群は、考えられるかぎりのやり方で形成することが可能だ。砂に描いたり、腕木通信や手旗信号にしたり、音声を使ったり、電磁エネルギーやハイパーエネルギーによる通信を用いたり、なんでもいい。ハリネズミ形の乗り物に乗っているらしい者は、すくなくともラジオカムは使えるだろうと、レジナルド・ブルは仮定した。搭載艇に指示して、サイモン＝ファアド・プログラムをはじめから終わりまで、超短波で流す。この山間地では、超短波はごくかぎられた到達距離しかない。それは異人にとり、このプログラムが自分に向けられているという、もうひとつのヒントになるかもしれない。

搭載艇はこのあいだに静止状態になっていた。レジナルド・ブルは鋼のハリネズミから四百メートルはなれて、地上から十五メートルのところを浮遊している。これに対して、ハリネズミは谷底にじかに着陸しているようだ。搭載艇のコンソールの制御ランプが、超短波で一連のシンボルが発信されるタイミングに合わせて光る。放送は五分間つづいた。三十秒間の休憩のあと、それはくりかえされるだろう。

レジナルド・ブルはその異質な乗り物を緊張して観察していた。なかの異人はどのように反応するだろうか？　ときどき、横の探知表示に目をやる。ストロンカー・キーンの搭載艇は、山の頂上のひとつにかくれて谷の上を浮遊していた。異人に見つからないようにとのアイデアだが、たぶん意味がないだろう。部分的にでもグラヴォ・メカニズムのベースで動く駆動装置を使っている者なら、通常は、山頂の向こうも見通せる装置を所持しているからだ。

サイモン＝ファアド・プログラムの二回めが流れた。まだハリネズミの乗員は……そもそも乗員がいるとしたらだが……動きださない。一連のインパルスを送信機が次々に送り終わるまで、ブルはじりじりしながら待っていた。それから、搭載艇をゆっくり、慎重に異人の乗り物に向けて進めた。

その瞬間、異人が最初の反応を見せた。それは、かつてサイモンとファアドが夢みたものとはまったく矛盾していたといえよう。ホロ・プロジェクションがぎらぎらと青白く光り、周辺の山々の寂しい光景が炎の壁の向こうに消える。恐ろしい衝撃が搭載艇のボディをはしりぬけて、レジナルド・ブルはシートからほうりだされた。やっとのことで、ふたたび起きあがる。雷鳴のような轟音《ごうおん》が空気を震わせた。ブルはうめきながら操縦席の肘かけにつかまり、からだを引きあげた。艇は左右に揺さぶられたが、ブルがシートにすわるとハーネスが自動的に締まり、はげしい揺れをおさえてくれた。

「未知物体がインパルス・ビームによって攻撃してきました」船の声がした。

「ありがとうよ。それぐらいわかっている」ブルは噛みつくようにいった。

「直接の危険はありません」声はつづけた。「これまでに投入された武器では、搭載艇の防御バリアは破れないので」

レジナルド・ブルは驚いた。搭載艇がサイモン＝ファアド放送を三回めにくりかえしはじめたことに気づいたのだ。きっと、すぐにまた……

「おや、逃げだした！」ストロンカー・キーンが叫んだ。

ホロ・プロジェクションを見ればわかる。青白い炎が崩れて、山々と谷がふたたび見えるようになった。まばゆく明るい花火のあとは、前よりもさらに陰鬱に見える。ブルはハリネズミ形の乗り物を探した。それは消えていた。

「ストロンカー、乗り物が見えるか？」

「ちょうどスクリーンにとらえました」勝ち誇ったような答えだった。「なんてことだ、速度をあげたぞ！」

「すぐに追いかけよう」ブルは叫んだ。「逃がしてはならない。わたしにコースデータをくれ……」

5

グロスツニクは自分と世界に満足していた。鋭敏な嗅覚は自分を見捨てなかった。二時間のあいだ、瓦礫の野原をあちこちと歩き、掘削しがいがあると思った場所を見つけたのだ。かれは《エクスプローラー》に輸送機と自動掘削機を要求し、船はよろこんで協力したもの。グロスツニクは以前から、自分は《エクスプローラー》の精神と特別な関係を結んでいると思っていた。船がこちらの願いを拒むことはない。

まだ一メートル半も砂や塵を掘らないうちに、滅亡した文化の遺物が続々とあらわれた。一種の補充用倉庫に出くわしたにちがいない。そうでなければ、この出土品の多様さは説明できない。グロスツニクは慎重に仕事をした。なんといっても、プロの収集家なのだ。手当たりしだいではなく、価値のあるものだけをひろった。異質な技術製品のなかで、価値があるものとそうでないものをどうやって見分けるのか、それは自分でもうまく説明できない。ただ自分の本能を信じているだけだ。

いずれにしても、ひとつ気にいらないことがあった。発掘場所の東には十メートルの高さの壁がある。その壁の向こう側で、さっきべつの捜索隊が仕事をはじめていたが、特別に大きくて甲高く、極度に緊張したような声が聞こえたのだ。その声の主は知っている！　そっと足音を忍ばせて壁に近づき、角から向こう側をのぞいた。やっぱり、思い違いではなかった。ものすごく膨らんだ頬の男が、身長百六十五センチメートルのからだをぴんと伸ばして、なにか命令している。ドラン・メインスター、秩序を愛する男だ。

グロスツニクはしばらくなりゆきを見ていたが、メインスターの部隊が直接には自分の迷惑にならないと判断した。メインスターはより大きなものを追いかけている。お供は大きなボーリング機械だ。それで縦坑を掘り進み、もっと深いところまで捜索するつもりらしい。メインスターは収集家ではない。なんらかの科学的な、あるいは技術的な目的を追求しているように見える。メインスターには助手がいた。ぜんぶで二十名の男女である。四方を壁で閉ざされている中庭に、ほぼ均等に散らばっていた。中庭はりっぱなもので、グロスツニクが見たところ、その平面は二千平方メートル以上の大きさがある。メインスターの助手たちは、前面に漏斗《ろうと》形の部分がついているちいさなグレイの箱を持っていた。みな、その漏斗部分を下の地面に向けている。グロスツニクは水準器なのかと思ったが、自信はない。

かれはそれなりに満足して、自分の発掘場所にもどった。古い倉庫から次々と、あらたな宝の層が見つかる。収穫内容はますます豊富に、高価なものになっていた。発掘熱が高まり、有頂天《うちょうてん》になって集めつづける。輸送機のプラットフォームに高く積みあげた収集品が崩れて、その一部が地面に落ちたとき、やっと現実にもどった。輸送機に積みきれないほどのものを集めたのだ。グロスツニクは不機嫌にかがみこみ、収集品を地面からひろいはじめた。ちょうど、腕ほどの長さのパイプに手を伸ばしたとき、音が聞こえてきた。

それは巨大なスズメバチの羽音のような、低いいやな音だった。北のほうから聞こえてきて、どんどん大きくなる。ついにグロスツニクは、それが自分に向かってくることに気づいて、輸送機のうしろに用心のためにかくれた。すると、壁の向こうのメインスターたちが作業しているところで大きな音がして、地面が揺れるのを感じた。真っ暗な煙がたちのぼり、みなひどく驚いて叫び声をあげている。ブラスター・ビーム特有の発射音と風を切る音が聞こえた。

収集家グロスツニクはかくれ場からゆっくりと出た。一瞬、いまのうちに輸送機に飛び乗って逃げだそうかと考える。しかし、自分の身勝手さを恥じた。その向こうには助けが必要な者たちがいるかもしれないのだ。自分は武器を持っていないが、のぞいてみることくらいはできる。あわてて壁のほうに急いだ。金属がぶつかるような奇妙な音が中庭から聞こえてきて、聞いたことのない高い声がした。なにか歌を歌っているような感じだ。不思議に思って、さらに近づく。無意識に、さっきのパイプに左腕を押しこめながら。

*

未知の乗り物のリフレックスが、探知スクリーンのなかで鬼火のように踊っていた。まぶしく明るく輝いたかと思うと、縮んでほとんど見えない光点になる。リフレックスの動きは不規則で、乗り物の実際の動きをうつしだすのは不可能だった。異人がなんらかの対探知バリアを使っていることはたしかだ。

信頼できるたったひとつのデータはストロンカー・キーンからのものだった。キーンは相《あ》いかわらず現場上空の高いところを浮遊していて、鋼のハリネズミから目をはなさない。レジナルド・ブルのファースト・コンタクトの試みに無礼きわまりないやり方で応えた者を乗せた奇妙な乗り物は、南西方向にある峡谷のようになったせまい出口を抜けて、谷をはなれていた。ブルの搭載艇は逃げる者よりはるかに大きいので、追いかけるには苦労する。

「峡谷は五キロメートル先でひろい横谷につづいています」ストロンカー・キーンの声がした。「どちらの方向にあのハリネズミが向かったか、待ってみなければわかりませんし」

搭載艇はサイモン＝ファアド・プログラムを流すのをやめていなかった。それへのブルの質問に対して、船はこう説明した。

「未知の知性体がこのプログラムの内容を理解するのにどのくらい時間がかかるか、わからないので」

「いまいましい、そいつはわたしを攻撃したんだぞ」ブルは腹だたしげだ。「わたしはもしかしたらあっさり殺されていたかもしれない」

「だから、なんだというのです？　異人はそうはしませんでした。このプログラムを流しつづけると、なにか問題がありますか？」

「勝手にしろ、感傷的な平和主義者め」ブルはうなった。

「注意！」ストロンカー・キーンが警告した。「異人は峡谷の出口でまっすぐに上昇しています。なんて敏捷なやつだ！」

異人がなにを考えているか、ブルにはすぐにわかった。搭載艇は暗い峡谷を抜けて、恒星の光があふれるひろい谷に出た。そのとき、強い衝撃を感じた。青い炎がフィールド・バリアのあちこちで燃えあがる。フラッシュオーヴァのはじけるような、きしむような音が、ちいさな制御室でもはっきりと聞こえた。ブルはののしりの言葉を吐いて、搭載艇をいっきにわきによせる。炎が消えると、鋼のハリネズミがななめ前の高い位置にいて、恒星光を受けてきらめいているのが見えた。異人はこんどは乗り物を急降下させてきた。手持ちの武器ではヴィールス搭載艇に歯がたたないことを悟ったようだ。落下する石のように降下してくる。異人は地面すれすれで水平に機体を引き起こすと、向かい側の谷のはずれめがけてコースをとった。レジナルド・ブルは追跡をはじめた。谷に大きく突きでている岩ふたつのあいだに、自然の洞窟の真っ暗な入口が見える。入口の高さは三十メートルもあった。

「そこに入るな！」テラナーは怒ってわめきたてた。

しかし、異人が追跡者のいうことにしたがうようすはない。速度をまったく落とさぬまま、鋼のハリネズミは洞窟のなかに姿を消した。鬼火のような探知リフレックスは、しばらく画面上で揺らめいていたが、やがてそれも消えた。ハリネズミは着陸し、同時にエネルギーを出す機内装置をすべて停止したようだ。

レジナルド・ブルも同様に、洞窟入口の五十メートル手前で着陸した。

「これからどうする？」ブルは意気消沈していた。

「追跡することはできるでしょう」ストロンカー・キーンは答えた。このあいだにやはり谷に着陸していたのだ。「異人のインパルス砲では、われわれになんの手出しもできません」

「せいぜい洞窟を崩壊させるぐらいか？」ブルはうなった。「一千万トンもの崩れた岩の下に埋まるのはいやだろう？」

ストロンカー・キーンは答えなかった。驚いたことに、キーンは自分の搭載艇をまた上昇させている。

「なにを考えているんだ？」ブルは驚いてたずねた。

「ちょっと思いついただけです。すぐにもどってきます」

キーンの搭載艇はそこから飛びだすと、谷の南を仕切るようにそびえる山の尾根をこえていく。数分が過ぎた。レジナルド・ブルは待ちきれなくなって、自分の搭載艇を洞窟の入口に近づけた。投光器を作動させたので、幅のひろい岩のトンネルのなかがすこし見えるようになった。鋼のハリネズミはどこにもいない。異人は洞窟のずっと奥まで引っこんだのだ。

「こんなことだろうと思いました」それはストロンカー・キーンの声だった。しょんぼりと意気消沈している。「われわれは笑いものにされたということ。そこはあなたが思っているような洞窟じゃなく、山を貫くトンネルの入口ですよ。やつはあっさりとそこを抜けて、対探知バリアを使ってわれわれを振りきったんです」

レジナルド・ブルは腹だたしげにうなり声を発した。

「トンネルの出口が見えるか？」ブルはたずねた。

「そのすぐ前にいます」ストロンカー・キーンは答えた。

「そこで待っていてくれ。いま行く」

ブルは搭載艇を動かした。洞窟は艇が入っていくのに充分なひろさがある。とりあえず、慎重に操縦した。投光器をフル作動させていても、カーブのところでは進むのをためらった。キーンの観察はもっともらしいが、ハリネズミがここのどこかにひそんでいるかもしれないからだ。

しかし、そのとき《エクスプローラー》の声がした。

「船外の全ギャラクティカーへ警告します。未確認の飛行物体が北からきて、廃墟フィールドのあたりに侵入しました。その行動は敵対的です。船外のすべての者はすぐに船内にもどってください。未確認飛行物体の外見はハリネズミのようで……」

「もう許さないぞ！」レジナルド・ブルはあえいで、ヴィールス搭載艇をいっきに加速した。

＊

ドラン・メインスターは、まずは心底びっくりした。それから、急にわきあがる感激で超音波装置の表示を見る。そのとき、北側の壁の向こうから羽音のような振動音が聞こえ、それが一秒ごとに大きくなった。最初はたいして気にもかけなかった。勝利感が本能的な警告をすべて無視したから。地下洞窟を発見したのだ。すくなくとも一万立方メートルの大きさがある。エコーの不規則さが、この洞窟内に金属構造物が数多くあることをしめしていた。重力プロジェクターを発見したのだ！

大きなはじけるような音がしたときに、たちまちしぼんだ。メインスター は振り向いた。北の壁に割れ目が入ったと思うと、いっきにひろがる。唖然としているかれの目の前で、十メートルほどの幅の壁が倒壊した。ベトンの塊りが音をたてて地面を転がり、埃が大きな雲のようにたちのぼる。鈍い振動音は、耳をおおうばかりの大音量に膨れあがってから、突然やんだ。爆発するような音をたてて、大型兵器が火を噴く。腕ほどの太さのエネルギー・ビームが埃を貫き、ショックでかたまったようになっているメインスターのわきをななめにはしった。あちこちで叫び声があがり、背後では鈍い爆発音がした。掘削機に命中したのだ。メインスターはショックからすこし立ちなおると、自分が命に関わる危険のただなかにいることを理解した。わきに身を投げ、太っているにしてはみごとなジャンプを見せて、中庭に転がっている無数の壁の残骸の陰にかくれた。

ヘルメット受信機から、船の声がした。

「船外の全ギャラクティカーへ警告します。未確認の飛行物体が北からきて、廃墟フィールドのあたりに侵入しました。その行動は敵対的です……」

ドラン・メインスターは壁のちいさい残骸にかくれてそっとのぞいてみた。埃はところどころ、徐々に消えている。驚いたことに、なかば崩壊した壁の瓦礫の上に奇妙な巨大な乗り物が停止していた。よく見ると、船がいっていたように、本当にテラのハリネズミに似ていなくもない。尖った鋼の棘が、乗り物の金属本体からあらゆる方向に突きでている。メインスターは機首に固定されているインパルス砲の砲口をまっすぐに見つめた。放射フィールドにオレンジ色の揺らめきが見える。

メインスターは前後左右を見てみた。助手たちはもうだれもいない。数名は南側の壁の出口を通って中庭をはなれたのかもしれないし、ほかの者はどこかにかくれているのだろう。掘削機はスクラップになり、もうもうと煙をあげている。溶解してヴィールス物質にもどり、湧きたつ白っぽい雲となって流れていった。

ドラン・メインスターは驚いて跳びあがった。目の前で金属板が開閉するような音がしたのだ。地面近くまで深く身をかがめて、頭をほんの数センチメートル、壁の向こうに押しだす。ハリネズミ形の乗り物の側部が開いて、高さ三メートルほどの楕円形の出入口があらわれた。そこから、なにかを引きずるような、金属同士がぶつかるような音がする。それから、聞いたことのない声が聞こえてきた。まるで、単調な歌を歌っているかのようだ。

メインスターは息をとめて待った。暗い出入口の奥で、なにか動くものがぼんやりと見える。金属がぶつかるような、なにかを引きずるような音が大きくなって、見たこともないものがあらわれた。鋼の鎧《よろい》につつまれているので、実際の姿かたちは見分けることができない。その鎧は見た目が乗り物と妙に似ている。乗り物は地面に横たわっているのが通常の体勢なのでハリネズミのようだが、異人のほうは直立しているので、高さ二メートルの歩くハリネズミだ。とはいえ、鎧の棘はだらりと垂れさがっていて、その奇妙な生物が歩くとぶらぶらと揺れる。異人が短い柱状の脚で歩行すると、棘がおたがいに、あるいは鎧の表面に当たるため、金属がぶつかる音となにかを引きずるような音がしたのだ。鎧の上には、前面に格子のようなものがついた半球形のヘルメットが載っていて、その奥にはグリーンに光る猛獣の目があった。メインスターは恐ろしさで背筋に戦慄がはしった。

異人がまっすぐにこちらに向かってくる。メインスターはぎょっとして、《エクスプローラー》につくってもらった武器に手を伸ばした。船の精神には、用心深すぎるとからかわれたもの。だが、探る指は宙をつかんだ。ブラスターが消えている。起きあがるときに落としたのだろう。向こうの砂のなかにあるのが見える。三メートル先だ。

異人が武器を持っているかどうか、わからない。頸の付け根の下の細い肩から、ずんぐりとした一対の腕が伸びていて、その先端は不格好なグローブのようだった。どんな機能を持っているのか、ひと言ではいえない。その奇妙な者は、相いかわらず独特の歌のようなものを口ずさんでいる。パニック状態だったメインスターだが、それでもこの歌が、異人の言葉と感情を表現する音を組みあわせたものであることははっきりとわかった。ひとつの言葉がくりかえし聞こえる。クルウル、あるいはクルールと……あの異人の名前なのか？

未知の生物は、メインスターが身をかくしている壁の残骸のわきに立ちどまった。見つかったのだ。ヘルメットの格子の奥に見えるグリーンの目の光が増して、ふたつのグローブの片方が前に伸びてくる。そのとき、ドラン・メインスターのなかに反抗心が目ざめた。絶体絶命だとしても、なにもせずに泥のなかに横たわるのはいやだ。どうせ死ぬのだったら、毅然と誇り高く死んでいきたい。すべては秩序正しくなければならないのだ。頭は混乱していたが、勇気を奮い起こして立ちあがった。

異人は歌のようなものを数秒間、中断していたが、いままた歌いはじめた。その声は急により力強く、怒っているように聞こえる。グローブが急な動きをした。ドラン・メインスターは攻撃を予想して、思わず姿勢を低くする。しかし、意外なことが起こった。

「おい、いったいなにをしている？」と、大きな声がわきから聞こえたのだ。

異人は動きの途中でそのまま、かたまったようになった。歌のようなものを中断して、半球形のヘルメットをほんのすこし上にあげる。そのとき、蝶番《ちょうつがい》がかすかにきしんだ。手入れが必要なようだ。ドラン・メインスターも声のしたほうに視線を向けてみて、驚いた。収集家のグロスツニクだ。西に向けて中庭を区切る壁の近くに立っている。グロスツニクもほかの者たちと同じようにセラン防護服を着用していた。しかし、左の前腕に短いパイプ一本がはまっている。たぶん収集品のひとつだろう。急いでいて、しまうことができなかったのだ。

収集家は数歩、近づいてきた。ショックを受けた異人のようすに勇気づけられたようで、左腕をハリネズミ形の乗り物に向けてさしだし、叫んだ。

「あれに乗って立ちされ、化け物。おまえなどお呼びじゃない！」

手の動きがあまりにはげしかったのだろう。パイプがセランの手袋の上を滑って、弾丸のようにうなりをあげて飛んでいく。数メートル先で砂に刺さった。

未知生物が甲高く訴えるような声を出して、一瞬ふらつく。格子の奥のグリーンの光は弱くなり、かすかに光るだけになった。それから、まったく信じられないことが起こった。異人が向きを変えて、乗り物に向かっていったのだ。ドラン・メインスターは自分に起こっていることが、にわかに信じられなかった。混乱した視線は、グロスツニクと鎧を着た者とのあいだを行ったりきたりする。異人はまた歌のようなものを歌いはじめた。それは前よりもさらに単調な響きになり、嘆きと悲しみがあふれてくるようだった。

メインスターは楕円形の出入口の向こうに鎧を身につけた姿が消えるまで、そのまま動かなかった。ハリネズミのエンジンが生気をとりもどしたかのように、低い音をたてはじめる。乗り物は引っかき、きしみ、ぶつかるような音をたててバックしながら壁の隙間から出ると、驚くほどすばやく向きを変えた。メインスターは、それが雲のない空にまっしぐらに飛んでいくのを見た。エンジンの音はすぐにちいさくなった。その奇妙な乗り物は恒星の反射のもと、もう一度光ってから、完全に消えた。

壁のうしろからヘルメットをかぶった頭がいくつもあらわれ、はじめてざわめきが聞こえる。グロスツニクは動きだした。腕から落ちたパイプが気になっているのだ。それを砂のなかから引っ張りだし、落とすことがないようにセランのうしろのベルトに押しこんだ。ドラン・メインスターは硬直状態からさめて、こういった。

「グロスツニク、どうやったか知らないが、きみの親切はけっして忘れない」

収集家は鷹揚《おうよう》に手を振った。

「たいしたことではない。幸運だったという、それだけのことだ」

＊

「なんてことだ、あいつだ！」ストロンカー・キーンは叫んだ。「廃墟をはなれて、こっちに向かってきます」

「まっすぐこっちにじゃないな」ブルは探知スクリーン上のグリーンのリフレックスの行き先を注意深く追っていた。「われわれからすくなくとも二十キロメートルはなれたところを通りすぎている」

「なぜ、あんなにあわてているんでしょう」キーンはからかうようにいった。「マッハ四で航行している」

「よく聞いてください、ふたりとも」《エクスプローラー》の声がした。いつになく真剣だ。「数分を争うことなのです。一回で理解してください。二回めの説明をする時間はありません。

異人は乗り物をすこしの時間はなれたさい、ひとり言をいっていました。わたしはその音声を記録し、分析しました。異人の言葉のいくつかはこのあいだにわかるようになりましたので。ハリネズミのなかには、どうやら一体の生物しかいません。名前はクルール。みずからを監視役だといっていました。自分を許せないような罪をおかしたのだそうで、もうみずからを葬るしかないと思っています。いいかえれば、自殺する気だということ。

いま現在、かれは非常に特殊なハイパー周波で通信を送ってきています。その周波はあなたたちの搭載艇が知っているので、必要なら使ってください。わたしは通信を記録し、可能ならばそれをのちに解読します。あなたたちの使命はクルールの自殺をとめること。急いでください。あまり時間がありません」

まだ《エクスプローラー》がしゃべっているうちに、レジナルド・ブルは腕を振りまわしはじめた。艇はそのしぐさを理解し、いっきにスピードをあげた。視線のはしに、同じことをしているストロンカー・キーンが見える。船が話すのをやめたとき、ブルは叫んだ。

「その特殊なハイパー周波を提示しろ！」

「提示しました」搭載艇は答えた。「これで話ができます」

話ができる。それは辛辣な皮肉のようだった。宇宙のすべての神にかけて、いったいなにを話せばいいんだ？　異人はひと言もこちらの言葉を理解しないかもしれない。声の抑揚でわたしの意図を推測できるとでも信じるしかないのだろうか。

レジナルド・ブルはなんとか心をおちつけた。時間をむだにはできないが、問題にはできるかぎり思慮深くとりくまなければならない。グリーンの探知リフレックスがゆっくりと座標ネットの中心に近づいてくる。異人に近づいているのだ。

「呼びかけるのです」搭載艇はいった。「さもなければ、向こうはあなたたちを追跡者だと思うかもしれません」

「速度を落とせ」ブルはその警告をもっともだと思い、命令した。「一定の距離をたもつんだ」

それから、ブルははじめた。

「クルール、クルール、クルール」これで相手に充分、訴えかけているだろうか？

「われわれに悪意はない。わかってくれ。きみと仲よくなりたいんだ」ブルは祈った。

神よ、ほんの数分でいいから、わたしにヒュプノの力をあたえてくれ。「この世に自殺する権利を持つ知性体はいない。それ以上の悪行は……」

ブルははっとして、言葉をとめた。グリーンのリフレックスが揺れて、震えはじめたのだ。また鬼火のように揺れ動いている。

「クルール！」レジナルド・ブルは不安になって叫んだ。

リフレックスが破裂した。わずかなグリーンのきらめきはあらゆる方向に飛びちって、一瞬で消えた。非現実的な光がふたつのホロ・プロジェクションから生じる。ブルは目を細めて、前方を見た。北東の山脈上空に新しい恒星がひとつ昇っていく。それは三十秒間、見ていられないほど強烈な光を放射し、それから色あせていった。数秒前までまばゆい光があったところに、純白の蒸気の塊りが膨らんでいく。その向こうに、異人の死をかくしながら。そして高く昇りはじめ、先端から横にひろがって、最後に典型的なキノコ形になった。一度見たらだれも忘れることができない、あのかたちに……

「クルール」レジナルド・ブルはうつろな声でいった。それからもう一度、「クルール……」

＊

NGZ四二九年四月四日

ものごとの関係をもうすこし知りたかった。われわれはクルールについてなにを知っている？　なにも知らないも同然だ。かれは自分を監視役といっていた。さらに、〝エルファード人〟だとも。それはたぶんかれの種族名だろう。

ヴィールス船は、クルールが死の直前に送ってきた通信の大部分を解読した。驚きの成果だ。専門家数百人でとりかかっても数百年かかっただろう。《エクスプローラー》はそれを一日でやりとげた。いくつかの文章はまだわからないままだが、それは待つしかない。これほどすくない材料とこれほど短い時間で、比較するもののない言語を完璧に理解することはできないだろう。

注目すべきは、クルールが生涯最後の数分にこれを送信してきたことだ。録音してあったものを再生したにちがいない。このようなことになるのを予感して、かなり前につくっておいたのかもしれない。ただ、自分は罰を受けなければならないという最後の言葉だけは録音ではなかった。

クルールはわれわれになにがいいたかったのだろうか？　録音の内容は以下のとおりである。

〈わたしは監視役のクルール、エルファード人だ。ずっと前、わたしの主人に、惑星ギイダイとその住民ギイダー種族を監視するよう命じられた。しかしながら、ギイダーはその試験の意味を理解しなかった。自分たちがなにを要求されているかわからなかったのだ。ギイダー種族は運命のなすがままとなる。恐ろしい戦争でみずからと、それ以外のギイダイの生命すべてを抹殺してしまった。のこったのは、監視対象を失った監視役のわたしひとりだ。

それでもなお、この惑星はわたしの主人の所有物であり、だれも侵入してはならない。だから、きみたちはすぐにこの惑星をはなれるのだ。さもなければ、わたしが追いはらう。ここにいるのはわたしひとりだが、主人は無敵の武器をわたしにのこした。きみたちに警告する。すぐ出発しろ。さもないと、命に関わることになる。

わたしの主人のことをもっと知りたければ、惑星クロレオンに向かうといい。淡い黄色の恒星を周回するたったひとつの惑星だ。かつての惑星の残骸からできた至福のリングを五つ持っている星系だから、わかるだろう。座標データはこれだ……（このあと、船が解読した一連のデータがつづく）

だから、わたしの警告にしたがうのだ。すぐにギイダイをはなれろ！〉

録音はここまでだ。不思議な歌のように響くエルファード語で、しずかな語り口だった。しかし、そのあとクルールはどうやら、瀕死の苦しみのなかで通信を送ったものらしい。声は甲高く、言葉はところどころ不明瞭になっていた。

〈わたしは罪をおかした！　戦士のシンボルを持つ生物をおびやかしたのだ。わたしにはもはや生きる値打ちがない。それは法にはっきりと定められている。わたしを訴えて裁ける者はここにいないので、自分でみずからを告発するしかない。判決をくだし、刑を執行しなければならない。身から出た錆《さび》だ。わたしは心のなかの主人の御名《みな》のもとで死ぬ〉

これで送信は終わりだった。その直後、クルールの乗り物は核爆発の炎のなかで消えさった。

このメッセージをどう考えればいいのだろう？　なにがクルールに突然の心境の変化をもたらしたのか？　〝戦士のシンボル〟とはなんだ？　疑問に次ぐ疑問。まずはギイダーが受からなかったという〝試験〟とはどういうもので、どのような課題をかれらは理解しなかったのか……だが、当面これには頭を悩ませたくなかった。クロレオンに行けばもっとわかるかもしれない。船によれば、クロレオンの座標はここから一万千八百光年はなれている。われわれみずからがエレンディラ用につくった座標ネットによると、銀河の西側にある。

監視役はもういないが、われわれはその要求にしたがい、できるだけ早くホロコーストをはなれることにした。すべての掘削、発掘作業は中止された。もうだれも惑星の地表にはいない。ギイダーの歴史を調べ、かれらがどうやって以前は自分たちの衛星の周回軌道を、そして最近は至福のリングを安定化させたのか、知ることができたら興味深かっただろう。しかし、われわれはクルールが話した謎の主人の所有権を尊重する。それに、クロレオンのほうがそもそもホロコーストよりもおもしろいはずだ。

スタート準備ができた。数秒後には、われわれはのこりのヴィールス船を集めて複合体となり、銀河の西にコースをとる。

＊

ブルはしばしば、足をのばして《エクスプローラー》のなかを散歩する。かれのいい方を借りれば、思考の流れが詰まってしまったとき、それをふたたび流れるようにするには、からだを動かすことが必要だからだ。ヴィーロ宙航士たちによるヴィールス船の内装は、船の積極的な協力もあり、すばらしいものだった。両端にハッチがあって左右に扉があるという、従来の宇宙船に特徴的な殺風景《さっぷうけい》な通廊は見られない。ホール、キャビン、テラス、斜路、浮遊プラットフォームなどはおきまりの位置にあるが、《エクスプローラー》は空飛ぶ温室だった。ただの芝生からテラの温帯・熱帯地方の巨木まで、植物があちこちに生えている。ヴィーロ宙航士たちは異郷に憧れて宇宙の奥深くまで駆りたてられたが、故郷のなにかしらを持たずには出かけられなかったのだ。

レジナルド・ブルは、段が動かない在来型の階段をのぼり、巨大な公園風に改装されたホールのフロアまで行った。しばらく立ちどまって、数多くのプラットフォームを感心しながら見た。プラットフォームはさまざまな高さで公園敷地の上を浮遊している。

それぞれを居住場所として、ヴィーロ宙航士のグループが使っているのだ。

するど、声が聞こえた。ひとつは甲高く突きぬけるような、いつも喧嘩ごしのよく知っている声で、もうひとつは暗く、退屈でうんざりしているような声だ。ブルは藪のまわりをめぐって、ななめ上にある幅ひろいプラットフォームを見た。そこまでエスカレーターのようなものがつづいているが、いまは動いていない。その途中に収集家グロスツニクが立っていた。下の芝生のなかでドラン・メインスターが、ふくよかだが小柄なからだを精いっぱい伸ばして、腕をからだの横に当て、収集家に強い調子でお説教をしていた。

「……それは問題じゃない。ここでは秩序を第一に考えるべきだ。そこの上はコレクション陳列所ではなくただのごみ置き場じゃないか。衛生面でも、それ以外でも、危険だ。お願いだから、整理してくれ。必要でないものと不快なものは船から外に投げ捨てればいい。よろこんできみの手助けをする……」

「まっぴらだ！」グロスツニクはいった。メインスターの声の半分ぐらいの大きさだったが、生態学者の甲高い声よりも、むしろ迫力があった。「わたしはきみの命の恩人だ。それを忘れるな。きみはわたしに借りがある。だから、もうかまわないでくれないか」

「ふん、命の恩人だって！」メインスターはあざけるようにいった。「下手《へた》な鉄砲も数撃ちゃ当たる類《たぐ》いの幸運だろう。自分だってわかっていないじゃないか。あのストーブの煙突みたいなものが、鎧を身につけた者にどんなふうに影響したのか」

レジナルド・ブルは耳をそばだてた。茂みの陰から出ていったので、ふたりの男はブルに気づいた。

「なんの話だ？」ブルは興味を引かれてたずねた。

「この男にがらくたの山をかたづけなければならないと、教えようとしているんです」メインスターは力をこめて話しだした。

「そうじゃない、わたしがいっているのは、ストーブの煙突とやらのことだ」

「ああ、それは……」

「グロスツニク、話してくれ」ブルはたのんだ。

グロスツニクは廃墟の中庭で起こったことを謙遜せずに話した。とはいえ、自慢げではない。それでも、武器なしでクルールにあえて近づいたことは英雄的行為だと、ブルは思った。

「そのパイプのことを聞きたい」ブルはいった。グロスツニクが話し終わってからだ。

「それはどんなものだった？」

「持ってきてあります」収集家は答えた。「見たいですか？」

「もちろんだ、見せてくれ」

エスカレーターが動いて、グロスツニクはプラットフォームのなかに姿を消した。あちこち引っかきまわす音がする。すぐまたエスカレーターでおりてもどってきて、ブルに不思議な拾得物を手わたした。ブルはそれを手のなかでまわして、あらゆる方向から調べた。作業デスクの上に置いてある自分のパイプとそっくりだ。しかし、まったくの偶然だろう。あのエルファード人が近づいてよく見れば、これがほんものではなくコピイだとわかったはず。だが、かれはそうしなかったのだ。

「きみはどうやってこのパイプを持っていたんだ？　やってみてくれ」ブルはいった。

グロスツニクは空洞のシリンダーを左の下腕にかぶせた。いちばんはしが手の甲のまんなかまできている。

「こんなふうに」収集家はいった。

ブルはうなずいて、

「ストーカーのパーミットだ」と、つぶやく。「これが戦士のシンボルか」

6

その惑星は二十三のリングを持つホロコーストよりも大きいが、見た目ははるかに単純だった。恒星はホロコースト上空で輝いているものと同じタイプで、そこからほぼ一天文単位はなれたところを、クルールがクロレオンと呼んだたったひとつの惑星が周回している。かつての惑星の物質からできた至福のリングが五つ、その外側をめぐっていた。いちばん外側にあるリングは軌道の半径が三十億キロメートル以上ある。惑星の軌道とリングの軌道はほぼ同じ平面にあった。五つの外惑星がまだ無傷だったころは、この星系は太陽系に非常によく似ていたにちがいない。

「不思議だ」レジナルド・ブルはストロンカー・キーンにいった。「かつて惑星だった宇宙の瓦礫物質は……ホロコーストの場合はかつての衛星だが……どのような作用でまったく均質のリングになるように分かれたのだろう。わたしはこれまでに崩壊した惑星を多く見てきた。あまりに多くといったほうがいいかもしれない。自然現象だったものもあるが、アルコン爆弾あるいはそれ以外の爆弾によるものがはるかに多い。そのなかで、このような完璧なかたちをつくっていたものは思い浮かばない。それらは飛びちり、物質の一部は星系をはなれ、べつの部分は恒星に墜落した。以前とほぼ同じ軌道をまわっている断片もあった。しかし、ここのこれは?」ブルはかぶりを振った。「わたしにはわからない」

ヴィールス船の複合体は恒星からほぼ五光時はなれて、未知星系の〝上〟にいた。そうなると、船内の人工重力により、ヴィーロ宙航士たちにとっては惑星と五つのリングが〝下〟にあることになるのを前提としなければならない。《エクスプローラー》と恒星の動径は、惑星とリングの軌道の中間の平面に対し、ほぼ六十度の角度をつくっていた。

ストロンカー・キーンはすぐには応えず、さまざまな色で光を放射するリングの映像をじっと見ていたが、しばらくしていった。

「もしかしたら、意図されたものじゃないでしょうか」

ブルは驚いてキーンを見た。

「かつての惑星や衛星の物質をだれかが配置して、均質なリングをつくったというのか?」

「そんなところです」ストロンカー・キーンは答えた。「納得できないのは、均質性だけではなく、色ですよ。それともあなたは、本当にホロコーストの二十三衛星それぞれが、もともと独自の色に光っていたと思いますか？」

「いや、もちろんそうは思わない」ブルは一瞬ためらったが、つぶやいた。「そもそも、それについては考えもしなかった」

「わたしにはこう思えるんです」キーンはつづけた。「ここではだれかが自分の足跡をのこしていったようだと。五つの外惑星を破壊し、それらの物質を均等に分けて均質なリングをかたちづくり、その分子構造を変えた。それで、それらはその後、ある決まった色に光るようになった」

「なるほど！」ブルはいった。

「説得力がありますね」ヴィールス船が言葉を発した。「すばらしい考えです。わたしみずからがその考えにいたりたかったもの」

「ありがとう」ストロンカー・キーンは皮肉をこめていった。「お世辞ならいつでも大歓迎だ。しかし、きみはこのあいだに、もしかしたらこの惑星を調べられたのではないか。そっちのほうが、われわれの話を聞くよりも有用かもしれないぞ」

「おや、あなたはわたしの柔軟性を見くびっていますね」柔らかく低い女声が叱責するように答えた。「わたしは惑星に集中することもできるし、あなたたちの話に耳をかたむけることもできるのです。おふたりにいくらかこの惑星のことを伝えられるようになったので、連絡したまでのこと」

「なんだって?」ブルは勢いづいてたずねた。

「惑星には住民がいて、高度に発達した技術を持っています。非熱性スペクトルがしめすものは、大規模かつ盛んな情報伝達活動です」

レジナルド・ブルとストロンカー・キーンは顔を見あわせた。

「それなら、われわれはここでついに、たしかなことがわかるだろう」ブルはいった。

*

NGZ四二九年四月五日

われわれがこれまでに見たものは、ソト＝タル・ケルのいう包括的平和愛のイメージとはまったく違った。力の集合体エスタルトゥでも、ほかの銀河群と同じく、力が支配している。しかし、ストーカーが自分の故郷のよい側面を大げさに述べ、醜い側面を過小評価したことは、はじめからすでにわかっていた。大宇宙のはてしないひろがりのなかで、ストーカーが故郷エスタルトゥをほめたたえたように幸運とよろこびが支配しているところなど、どこにもない。

それでも、秘密に満ちた超越知性体の王国はわれわれの心を引きつけた。至福のリングについては本当にそのとおりだった。息をのむほど美しいだけでなく、謎めいてもいる。ホロコーストの衛星も〝隠者の惑星〟の外惑星も、自然現象の犠牲になったわけではない。だれかが強引に破壊したのだ。そして、はっきりと証拠になるものをのこすように、その残骸を細工した。ここにだれかが自分の足跡をのこしたというストロンカーの説は、考えれば考えるほど説得力がある。

ああそうだ、わたしはこの惑星を隠者の惑星と名づけた。その孤独な姿からだ。つまり、至福のリングはどれも自然の美しい姿ではない。戦争の暴力の証《あか》しなのだ。クルールは奇妙なことをいっていた。ホロコーストの衛星を破壊し、最終的にギイダーたちがみずからを滅ぼしたのは、かれの主人の責任ではないかと、わたしには思える。隠者の星系で五つのリングをつくったのも、やはりその主人なのだろうか？　隠者の惑星の文明は、ギイダーたちが破滅に向かったのと同じ道を歩んでいるのか？　われわれがここにきたのは、カタストロフィを避ける手助けをするためなのだろうか？

われわれが隠者の惑星の住民たちとコンタクトをとれば、もっとくわしくわかるだろう。船はこのあいだに惑星のスペクトルの特徴から、隠者の惑星の技術はテラの旧暦二〇〇〇年代中期の水準だと読みとった。つまり、住民たちは探知装置を持ち、それでこちらをとっくに確認しただろう。ハイパー通信を通じ、サイモン＝ファアドのやり方でメッセージを送ったが、これまでに回答はない。われわれは待っている。かれらの通信方法がわかったら、すぐに映像を送ろうと思う。わたしはストーカーのパーミットを左腕につけてカメラの前に立つつもりだ。クルールがあの奇妙な手袋にしめした反応からすると、なにかありそうだ。それが権威の印のようなものなのはたしかだろう。状況は不透明だから、持っている利点はぜんぶ使うつもりだ。

《エクスプローラー》をふくめた三十のセグメントが、複合体をはなれて隠者の惑星に向かうべく準備している。惑星住民がわれわれの呼びかけに応えようと応えまいと、そちらへ向かう。あまりに好戦的な態度ならば、着陸するのはやめるが。

ちなみに、この星系は巨大銀河群への入口に当たるので、ストロンカー・キーンが〝おとめ座の門〟と名づけた。ここには奇妙なことがふたつある。第一に、宇宙船の行き来がない。住民たちはとっくに恒星間宇宙航行をマスターしているにちがいないから、ときおり行きかう宇宙船が見えるはずだが。第二に、ヴィールス船が確認したところ、隠者の惑星はかなり強力なエネルギー・バリアにかこまれている。そのバリアがどのような目的をはたしているかはわからないが、けっして通りぬけられないわけではない。ここからは、構造上の特徴だろうとしかいえない。こちらのハイパー通信は問題なく隠者の惑星に到達した。三十のセグメントも支障なくエネルギー・フィールドを抜けられるだろう。それなら、なんのためにバリアがあるのだ？

それはすぐにわかる。たったいま、《エクスプローラー》が隠者とのヴィデオ交信技術の方法解明に成功したことをわたしに伝えた。映像装置の前に立つときがきたのだ。

＊

レジナルド・ブルはできるだけさりげなくそこに立った。そのポーズを、ストロンカー・キーンは〝典型的市民階級の姿勢〟と呼んだ。《エクスプローラー》ではもちろん制服はないので、機能的で快適なコンビネーションを着用している。おちついた表情で自信に満ちているように見せた。その姿で立っていれば、すこしひかえめにいっても、テラ市民と〝ホモ・サピエンス・アストロノーティクス〟の標準モデルと思ってもらえるだろう。

それは、左腕に金属のパイプをつけていても変わらない。パイプのいちばんはしが手の甲のまんなかまできている。なにも知らない者は、腕が軽くこわばった姿勢なのを不思議に思うかもしれないが、ストーカーのパーミットが映像ではっきりと見えることが重要なのだ。

「いつはじめてもかまいませんよ」送信のプロデュースを引き受けたコロフォン・バイタルギューがいった。「用意ができたら〝よし〟といってください」

「よし」レジナルド・ブルはいった。

「送信スタート」バイタルギューは答えた。

「クロレオンの住民たちに。われわれはこの惑星の名前を、クルールと名乗る者から聞いた。死ぬまで主人に忠実に仕えた監視役だ」ブルははじめた。「われわれは平和目的でここにきた。われわれ、星間放浪者だ。宇宙の秘密を知り、星々の美しさでリフレッシュし、みずからを元気づけるのを目的としている。われわれの最初の目的地はエレンディラ銀河だった。エスタルトゥの使者でソト＝タル・ケルという名の者が、楽園のような美しさを語ったのだ。たしかにかれは大げさではなかった。

われわれ、きみたちの惑星に着陸したいと思っている。きみたちを混乱させたり驚かせたりしないよう、一部の乗り物で慎重に近づくつもりだ。さっきいったように、われわれは平和目的できた。こころよく迎えてくれることを望む」

ブルは挨拶するように右手をあげた。バイタルギューはその意味を理解し、送信機のスイッチを切る。ブルはため息をついて腕からストーカーのパーミットをはずし、計器テーブルの上に置いた。

「で、どうだった？」ブルはだれにということなく、たずねた。

「とてもそれらしかったです」コロフォン・バイタルギューはいった。

「ものすごい説得力がありましたよ」ストロンカー・キーンは皮肉たっぷりに、「あれを聞いた者の目に涙がこみあげないというなら、わたしは……」

「できるだけ、相手が知っているはずの言葉を使うようにしたんだ」ブルはキーンのからかいに耳を貸さずにいった。「クロレオン、クルール、エレンディラ、エスタルトゥ、ソト＝タル・ケル。向こうが特別に磨きをかけた解読技術を持っていなければ、のこりはたぶんひと言もわからなかっただろう。鋼の手袋に気づいてくれたならいいのだが。どういうふうに反応するか、待つしかないな」

「そもそも、反応したらの話です」《エクスプローラー》の声が割りこんだ。

時間が過ぎれば過ぎるほど、ヴィールス船の悲観的な見方が正当化されていくようだった。隠者の惑星の住民は……しだいにかれらのことを〝クロレオン人〟という名前で呼ぶのが定着しはじめたが……反応しない。《エクスプローラー》では、ブルの呼びかけへの応えだろうと思える信号はまったく受信しなかった。メッセージを受けとったと、かんたんな絵を使って知らせることもできるはずだ。なんの反応もないということは、異質なメンタリティを持つ種族であると結論づけざるをえない。

六時間、レジナルド・ブルは待ってから、惑星へのスタートを指示した。三十のセグメントが複合体をはなれて、《エクスプローラー》を先頭に船団をつくる。今回ブルは、ホロコーストで苦しめられた厄介ごとを半分しかかかえていなかった。ドラン・メインスターのグループから同行したのは、コロフォン・バイタルギューとミランドラ・カインズだけだ。メインスター自身と妻のアギド・ヴェンドルはのこった。ホロコースト着陸のさいのように、こんどもラヴォリーがのこりの複合体の指揮を首席メンターとして引き受ける。一方、ストロンカー・キーンは《エクスプローラー》のブルのもとにとどまった。

　このあいだにヴィールス船はどれも隠者の惑星に五光分の距離まで近づいていた。船団が動きだすと、ラヴォリーは別れていく者たちに、宙航士たちのあいだで通例となっている〝成功を祈る〟という言葉をプシカムで送った。

「祈るだけというのはやめてくれ」レジナルド・ブルは答えた。「いざとなったら、助けてほしいものだ」

　これが長い別れになるとは、このときはだれも思わなかった。

＊

　それは一種独特な惑星だった。地表を赤道に沿って半分に分けるのが適切だと、自然が考えたかのように見える。南半分は九十パーセント以上が海で、北半分は九十パーセント以上が陸地でおおわれていた。さまざまな徴候から、比較的若く活動的な惑星だとわかる。北半球の陸地には火山が多かった。しかし、海の多い南半球でも海中での地震活動があるらしい。

　とくに目を引くのは、最高峰が一万二千メートルの山脈だ。北極ゾーンをおおっていて、見る場所によっては、惑星の〝頭〟にまるで王冠《クラウン》のように載っている。おもしろいことに、この山脈は住民から実際に〝クラウン〟と呼ばれていることが、あとになって判明した。

隠者の惑星をつつむエネルギー・バリアは、平均海面の上空二十キロメートルにある。近くからも目立たず透明で、遠くから見たときと同様、あまり意味がないようだ。そのバリアがどのような目的で使われているか、ヴィールス船はいまだに伝えることができないでいる。たんに支えとなるフィールドにすぎず、危険が生じた場合、本来の効果を持つ防御バリアがその上に重ねて構築されるのではないかという推論もあった。ところが、このエネルギー・フィールドに関するすべての議論は、《エクスプローラー》が最初の惑星表面のズームアップ映像を見せたとき、一瞬にしてやんだ。船が次のようにいったのだ。

「注意してよく見てください。隠者という名の惑星は、なにか変です」

ぜんぶで七つのホロ・プロジェクションは惑星の陸地の映像だった。呼びかけると、次の映像に変わる。《エクスプローラー》はその未知惑星に大きくらせんを描いて近づいていった。このあいだにすでに三回、惑星を周回し、その地表をすべて細かいところまで記録している。

レジナルド・ブルはひとつのプロジェクションからべつのプロジェクションへ移動した。それらの映像からより多くの情報を得るにつれて、ますます不安になる。

「町らしきものがない」しばらくしてつぶやいた。「道路もない。海上も空も交通がない。すべてが死んでいるようだ。なにも動かない」

「廃墟だけです」ストロンカー・キーンが陰気に応じて、灰褐色の平面のいくつかをさししめした。疑いなく、瓦礫の野がひろがっている。

「もしかしたら、くるのが遅すぎたのかもしれませんよ」ミランドラ・カインズがいった。着陸のさいの細かいことをおざなりにしないために、司令室に姿をあらわしたのだ。

「だったら、われわれがたえず探知している通信活動はどういうことなのだ？」ブルは不機嫌にたずねた。

ミランドラは幅ひろい骨太の肩をすくめた。

「ロボット間の情報交換でしょう。たんに停止するのを忘れたから、まだ動いているだけのこと」

「それで、われわれの呼びかけに応えがないことの説明にはなるな」ストロンカー・キーンが理論的な説明をした。

「わたしは強く確信しています。隠者の惑星にはこの瞬間も、まだ有機的生命が存在すると」《エクスプローラー》の声がした。「そこの下で送信者と受信者のあいだにかわされている情報は、たしかにまだ解読できませんが、それらが有機知性体によってつくられたものであることは疑いありません。間違いがあったり、通信の一部分がくりかえされたりしている。そのすべてが、自動ではない情報交換の特徴です。あらかじめプログラミングされた内容にしたがって行動するロボットなら、間違いを犯しません」

「しかし、かれらはどこで暮らしているのだろうか？」レジナルド・ブルはたずねた。

「なぜ、存在の徴候をまったく見つけられないんだ？」

「惑星の地殻下に引きこもった可能性もあります」船は答えた。「われわれが目にしている廃墟は数千年たっているような印象をあたえますが、それらはどうやらぜんぶ同じぐらいの古さのようです。かなり以前になんらかのカタストロフィが隠者の惑星を襲ったことがわかります。その不幸の結果、住民は深いところにこっそりと姿を消したのではないでしょうか」

納得のいく説明だった。しかし、ミランドラ・カインズは疑念を持った。

「もしクロレオン人たちが地下で生きているならば、この距離からでもわかるはず……そもそも、地表まであとどのくらい距離があるの？」

「たったいま、八百キロメートル限界を下まわりました」船は答えた。

「それならば、その距離からでも地下の空洞は検出できるはずよ」ミランドラは自分の論拠をふたたびとりあげた。

「われわれが近づいているのは、非常に多くの火山活動とそれ以外の地震活動が起こっている惑星です」《エクスプローラー》の声は非難しているようだった。「地下には空洞が無数にあります。それを知性体が住まいとして使っているかどうか、ここからどうやって見分けろというのですか？」

「あら」ミランドラ・カインズはそういって、そのあと黙ってしまった。

これでまず討論は終わった。それから先は、着陸したあとになるだろう。

一時間ほどが過ぎた。すると、隠者の惑星では次の驚きが待っていた。

＊

丘陵地帯がヴィールス船団の下にひろがっていた。黒い森が、グリーンの草が生い茂る野原と入れかわる。平和な風景そのものだった……平地の一部分にひろがっている、ほぼ十平方キロメートルの廃墟地帯をのぞいて。レジナルド・ブルはこの廃墟の近くに着陸しようと考えた。クロレオン人たちは姿を見せる気がないらしいので、廃墟のなかで手がかりを見つけようとしたのだ。

適当な着陸場所を探して見張っているホロ・プロジェクションの映像が、ほんの一瞬、暗くなった。それから、映像はまた以前と同じように明るくなる。しかし、いまのような不確実な状況では、どのようなささいなことでも注意しなければならない。

「いまのはなんだったんだ？」ブルはたずねた。

「フィールド・バリアを通過したのです」船は答えた。

「そうか」

「さらに、悪いニュースがあります」《エクスプローラー》の声はつづけた。

ブルは耳をすませた。

「どのような？」と、きく。

「エネルギー・バリアは外からは無害に見えるかもしれませんが、内側はべつの顔を持っています」船は答えた。「非常に強い衝撃フィールドの存在をしめす拡散放射を記録しました」

「というと？」

「われわれはもはや、自力でこの惑星をはなれられないということ」この不気味な事実により、司令室内には困惑したような沈黙が流れた。数秒後、ブルは最初に声をあげた。

「一種の罠だな？　そこに入ることはできるが、もう二度と出られない」

「そのようです」船は答えた。

「ラヴォリーは知っているのか？」

「たったいま、プシカムで知らせました」

それがまるで合図だったかのように、もうひとつのスクリーンが明るくなって、ラヴォリーの心配そうな顔があらわれた。

「そちらがどうなったか、聞きました」黒髪の女はいった。いつもは生き生きと輝いている黒い目の光が暗くなっている。「わたしは複合体であなたたちを追いかける用意ができています」

レジナルド・ブルは阻止するように両手をあげて、

「すこし待ってくれ」と、警告した。「われわれにはまだ、隠者の惑星がどのような状況かわからない。当面は、三十のセグメントが防御バリアのなかに捕まっているという、その問題だけだ。もしかしたら、惑星住民とコンタクトがとれて、こちらの友好的な意図を納得させられるかもしれないし、バリアをつくっているプロジェクター・システムを見つけられるかもしれない。追求の可能性はたくさんある。当面、われわれは危険な状況ではない。その場にとどまっていてくれ」

ラヴォリーはうなずいた。

「わかりました。あなたの提案にしたがいます。でも、こちらからもひとつたのみがあります。意思の疎通はフィールド・バリアがあっても問題なく機能しますから、こちらが知らないでいることがないようにしてください。つねに連絡をとってほしいのです。そうすれば、こちらはあなたたちが下でどのような状況かわかりますから」

「もちろんだ」レジナルド・ブルは答えた。

画面は暗くなった。すこしして、また船の声がした。

「これからどうします？　もともとの計画のとおりですか？」

「既定方針どおりだ」ブルは決断した。「廃墟のすぐ近くに着陸する」

ブルはまだ計器テーブルに置いてあったストーカーのパーミットに不信のまなざしをむけた。この鋼の手袋をつけてカメラの前に立ったのは、正しかったのだろうか。意識の奥底で、ある疑念が生まれていた。自分はパーミットを見たクルールの反応を誤解していたのかもしれない。あるいは、クルールまたはその主人とクロレオン人たちとの関係を、間違って理解していたのか。

それがどうであれ、起きたことはもう変えられない。自分はさしあたり、ヴィールス船三十隻もろとも、隠者の惑星に捕らえられたのだ。

ブルとストロンカー・キーンは下船して、グラヴォ・パックのスイッチを入れた。惑星の自然重力は一・四Gだが、その半分に減らす。ふたりならんで、廃墟にゆっくりと向かっていった。恒星の放射によって、外気温は摂氏三十八度だ。大気はテラと同じように窒素と酸素が大部分を占めていた。しかし、毒性を持つガスも混入している。硫化水素、二酸化硫黄《いおう》、弗化《ふつか》水素、窒素酸化物、メチル塩化物の濃度が高いために、呼吸マスクの着用は必須だった。

廃墟でクロレオン人の過去に関する情報がもう見つかる可能性がないことは、遠くからでもわかった。地震と絶え間なく進む侵食が、かつて繁栄した都市を瓦礫の山にしている。石や建物の一部でこぶし大以上のものは、そこにはほとんどなかった。かつて道路があったとしても、それらはとっくに土砂で埋まっているのだろう。いくら想像力を働かせても、以前の町の景色が……もし本当に町のようなものがあったなら、だが……どのようだったのか、思い描くことはできない。廃墟には植物がはびこっていた。土が風に運ばれ、ところどころ瓦礫をおおっている。

「ここでわれわれはなにをしたらいいのか、わからない」ストロンカー・キーンはぶつぶついった。「なにか見つかるとしても、せいぜいそれとおぼしきプログラミングをされたロボットだけでしょう」

レジナルド・ブルは立ちどまった。わきには細粒状になった瓦礫の山が五メートルほどの高さでそびえている。そのてっぺんには、テラのしだれ柳を連想させるちいさな木が生えていた。

「きみのいうとおりだ」ブルはいった。「ここではどうにもならない。収集家たちの意見を聞けばよかったかもしれない。グロスツニクでさえ船をはなれようとしなかったのだから」

キーンが発言しようとした。そのとき、かれは目のはしである動きを察知し、思わず上を向いた。

「あぶない！」キーンは叫んだが、警告は遅すぎた。〝しだれ柳〟の枝が鞭のように打ちおろされて、ブルのからだに伸びてくる。あっという間に巻きつき、吊りあげはじめた。ブルは必死で手足をばたつかせ、武器に手を伸ばそうとするが、枝に腕を押さえつけられていて、動きがとれない。

「とにかくおちついて」ストロンカー・キーンはうなった。ブラスターがひとりでに手に滑りこんでくると、かれは木の幹を狙った。武器はかすかな音をたててビームを発射。おや指の太さの青白いエネルギー・ビームが暑い大気を抜けていき、幹のなかで樹液が膨張して破裂する。さらに、第二の破裂音がして、樹皮のかけらが弾丸のように空気中を飛んだ。木は前にかたむき、瓦礫の丘に沿って倒れていく。枝はどれも力なくたるみ、獲物をはなした。ブルはグラヴォ・パックの強度をあげるひまもなく、三メートルの高さから墜落して、キーンの足もとの地面に落ちた。

ブルはすばやく立ちあがった。

「とんでもなく陰険な木だな」そうののしってから、やっと自分を解放してくれた者への恩義を思いだした。「ありがとう、ストロンカー」

この瞬間にヘルメット受信機から声がした。

「クロレオン人とコンタクトがとれました」《エクスプローラー》が報告した。

ブルは怒りを忘れた。

「なにをいってきたんだ？　われわれの呼びかけが理解できたのか？」

「かれらはクルールと同じ言葉を使っていますから」答えが返ってきた。「いずれにしても、あまり流暢《りゅうちょう》ではないようですが。いくつかミスが……」

「そろそろかれらがなにをいったのか、報告する気になってくれないか？」ブルは船の言葉を腹だたしげにさえぎった。

「ああ、そうでしたね。あなたが理解できるかどうか、よく聞いてみてください」

二秒間、ヘルメット受信機はしずかだった。それから……遠くからのようだが……甲高くはっきりした声が聞こえてきた。《エクスプローラー》のトランスレーターを通しているので、インターコスモだ。しかし、トランスレーターは語り口は変えずに伝えていた。

「肉体は戦士のシンボルを見た」声はいった。「肉体は武装している。最後の闘争への準備はできている」

レジナルド・ブルは軽く前かがみになって次の言葉を待つ。数秒が過ぎて、またはじまった。

「肉体は戦士のシンボルを見た……」

「これだけか？」ブルは辛抱できずにたずねた。

「このメッセージがたえずくりかえされています」船はいった。

レジナルド・ブルは陰険な木の残骸を一瞥《いちべつ》すると、向きを変えて、ヴィールス船団の方向へ歩いていった。セグメントはどれも、草が生えた平地から数メートルのところに浮かんでいる。

「戦士のシンボル」と、ブルがつぶやくのを、ストロンカー・キーンは聞いた。「ストーカーのパーミットなんぞ、悪魔にくれてやる」

希望なき惑星

クルト・マール

1

でこぼこの壁が、まるで洞窟のような印象をあたえていた。薄暗い照明のせいで、部屋の奥にいるその男は影のように見える。ずんぐり、がっしりとした体格で、実直そうな親しみやすい顔だ。目は水色で、赤い剛毛をたわしのように短く刈っている。ヴィールス物質でできたシートを心地よい形状にして、くつろいでいた。

しかし、見た目ではわからない。なにげなくそこにすわっているように見えても、その男、レジナルド・ブルが感じているものは、心地よさとはほど遠かった。視線は、船載コンピュータがプリントアウトしたフォリオに書かれた言葉に向けられている。

〝肉体は戦士のシンボルを見た。肉体は武装している。最後の闘争への準備はできている〟

ブルは不機嫌になり、腹だたしげな笑い声をあげた。かれは戦士ではない。怒りに燃えた視線を、目の前のテーブルに置いてあった光る金属のパイプにちらりと向ける。ストーカーの〝パーミット〟だ。

それがどうした！　わたしは戦いのことなど考えてもいない。旅そのものが目的のヴィーロ宙航士なのだ。宇宙の秘密を探りたい。宇宙の不思議をこの目で見たくてしかたがない。未知の種族と出会い、その気質、しきたり、風習を知りたい。自分は人畜無害の最たるものだ。しかし、自分を戦士と勘違いし、〝最後の闘争〟への準備をしている者たちがいる。かれらが何者であるかは、ともかくとして。

ブルは賢明にも、あっさり身を引くつもりだった。しかし、かれらはそれをさせない。隠者と名づけた惑星の二十キロメートル上空を、宇宙空間へ出ていこうとする者すべてを殲滅《せんめつ》するエネルギー性の衝撃フィールドでとりかこんでいる。

これがつまり、いまの状況だった。かれはヴィールス船三十隻からなる船団とともに、隠者の惑星に着陸した。あと千二百七十隻の船……《エクスプローラー》と名づけた複合体のセグメント……は、惑星上空の周回軌道にいる。謎に満ちた惑星の住民はまだ姿を見せていない。しかし、住民のほうはレジナルド・ブルを見ていた。かれが自分の姿を見せる必要があると思ったときのことだ。ブルは金属のパイプを左腕につけていた。ストーカーのパーミットがあれば、住民クロレオン人の共感を、もっといえば敬意を得られるかもしれないと信じこんだのだ。それがパーミットの役目だと、ストーカーはいっていた。これを持っていれば、力の集合体エスタルトゥのどこにいても相手の心を開くことができ、あらゆる困難を克服できると。

ストーカーの大げさな話を、もっと前に疑ったほうがよかったのかもしれない。しかし、核爆弾で荒廃した惑星ホロコーストでの出来ごとで、鋼の手袋が本当に通行許可証のようなものだと確信してしまった。力の集合体エスタルトゥの銀河では、これが一種のVIPパスになるのだと。クロレオン人がストーカーのパーミットを戦士のシンボルと見るなど、どうすればわかったというのか？　ある惑星で捕らえられ、そこでは住民が最後の闘争への準備をしていた……この戦いにおいては、パーミットをつけている者が敵だとみなされる。そんなこと、わかるわけがないだろう？

ブルはシートからからだを起こした。シートはかれの動きにしたがい、仕事をする形状にととのえられる。

「おい、船」レジナルド・ブルはいった。

「以前はもっと優しく呼びかけてくれたものですが」低い女声が、洞窟のようなキャビンの高いところから答えた。「なにかご用ですか？」

「クロレオン語の解読はどこまで進んでいる？」

「構文解析の問題をさらにいくつか解かなければなりません。クロレオン語は独特の文構造を持っています。位置と結びつきが言葉にニュアンスをあたえるのです。クロレオン語を使いはじめる前に、その関係を理解したいので」

「あとどのくらいかかるのだ？」ブルはたずねた。

「長くても二時間。どうしてそんなに急ぐのですか？」

「わたしがここに争うためにきたのではないことを、おろかな戦争主義者たちにはっきりと伝えたいんだ」

「それならクルールの言語、つまりエルファード語を使えばいいでしょう」船は提案した。「知ってのとおり、それはここでも通じます」

「それではだめだ」ブルはきっぱりとはねつけた。「かれらの言語で聞かせたいんだ。もしかしたら、その特殊言語を解明した速さに感銘を受けるかもしれないじゃないか」

「仰せのとおりに」船はいった。「テキストを読みあげてください。そのあいだに翻訳にとりくみますから」

レジナルド・ブルは数秒考えて、やがてはじめた。

「クロレオンの住民たちよ、聞いてもらいたい！　われわれは友好的・平和的意図をもって、遠いべつの銀河からこの惑星にやってきた。われわれは戦士ではない。きみたちが戦士のシンボルと呼ぶものについては、偶然に手に入れただけだ。われわれには戦う意志などない……」

〝器官細胞タイプ〟のクロレオン人、器官メンディンは、人目のないことをたしかめてから、薄い青の制服のはしをめくった。その下の褐色で角質化した肌をよく見るためだ。自分のからだなのに、禁止されていることをしているような気になる。

おそるおそる二カ所の白っぽいところを見た。数日前にはじめて気づいたのだ。それ以来、大きくなり、いまではほぼおや指ほどになっている。そっと手で触れてみた。痛くはないが、表面は柔らかく、周囲よりも破れやすそうだ。へその高さにある吻《ふん》を横に引っ張って、その二カ所を唾液《だえき》で湿らせた。やりきれない気持ちになる。このような方法で変色を食いとめられる確信はないのだ。しかし、子供のころから、皮膚に傷がついたときは……たとえば、ツィツィ蠅に刺されて痛みのある痕がのこった場合など……唾液で治してきたもの。

仕事の途中でなんとか許可をもらい、器官細胞医師の一名に問いあわせることもできたかもしれないが、それでは目立つだろう。注目を集めることは、いまの状況では最悪だ。最近起こった変化は肌の変色だけではなかった。ほかにもうひとつ、重く心にのしかかることがある。そして、このふたつには内在的な関係があるのではないかと、器官メンディンはときどき思うのだ。神経ヌドルヴが不審そうな視線をこちらに向けるのに、一度ならず気づいていた。この〝神経細胞タイプ〟が本当に疑念をいだき、器官メンディンの上司である〝脳細胞タイプ〟の脳アリニに報告するところまではいっていないが、上司はこのところ、しばしばかれの仕事への不満を口にしている。ここでさらに神経ヌドルヴから報告が行けば、〝抗体〟がやってくるのは確実だ。

器官メンディンは制服をそっともとにもどして、仕事にとりかかった。かれは情報技術者だった。職場は半分が事務所、半分が実験室になっていて、大きさは三十立方メートルもない。窓はなく、外は見えなかった。十二時間の交替勤務で、部屋ではたったひとりで作業をする。クロレオン人の通信ネットワークの一セクターを監視し、それと並行して、頭でっかちの脳細胞タイプたちがつくった情報交換の改善構想をためす実験をしている。

あるとき、それをためしていて、すくない労力で実験の目的をはたすためのアイデアがはじめて浮かんだことがあった。自分でも驚いた。というのも、器官細胞タイプはみずからイニシアティヴをとるようにできていないからだ。指示されたことと、職種別の労働規則に書かれていることだけをすればいい。しかし、自分に浮かんだアイデアは、頭でっかちの者たちが開発したものとくらべて、きわめて明白な利点があったので、この試みをやりたくてしかたなくなった。かれは実験の方法を変えた。そして、自分の考えにもとづいてめざましい成功をおさめたのだ。

だが、この実験の成果について脳アリニに報告したとき、正気にもどされた。

「なにをしたいんだ？」上司は不審に思ったらしい。「脳細胞タイプに出世したいとでもいうのか？」

「違います」器官メンディンははっきりといった。「それが不可能なことはわかっています。ただ、考えたのですが……」

「考えることは危険だ」脳アリニはかれの話をさえぎった。「考えることは脳細胞にまかせなければならない」

「そうですね」器官メンディンはしかたなくいった。実験の成果について、そのあとはなにも聞いていない。自分が手に入れた知識は通信ネットワークの膨大なセクターのどこかで、もう使われているかもしれないが、そのことはだれも教えてくれないだろう。自分は考えるという罪をおかしたのだ。それにくらべれば、実験の成果などなんの意味もない。

器官メンディンは自分が危険な状況におかれているとわかっていた。脳アリニが疑いをいだいていることは、神経ヌドルヴの奇妙な態度でわかる。あの神経細胞タイプは職場のさまざまな保安問題を担当していた。ここでいう〝保安〟とは、盲従を強いる社会では通例のことだが、働く者への信頼性もふくまれる。神経ヌドルヴが情報技術者の器官メンディンに目をつけていることはたしかだ。神経細胞タイプは器官細胞タイプと同様、みずからイニシアティヴをとることはしない。だから、神経ヌドルヴは上層部から……たぶん脳アリニから……器官メンディンを見張るようにいわれたにちがいない。

だが奇妙なことに、器官メンディンは自分の異端ともいえる態度をあらためようとは思わなかった。自分の行動が器官細胞タイプの行動規範と矛盾することはよくわかっているが、はじめて味わった自由思考に感動して、酔ったような心地よさに満たされたのだ。就業規則や決められた任務への集中から心を解きはなつことを一度知ったあとは、ますます夢中になって自分自身の考えにふけった。つまり、規則や命令によるものではない、脳の自主的な思考活動によって生まれる考えだ。ときおり仕事中にうわの空になり、脳アリニから叱責されるのも不思議ではなかった。

最近、よく考える問題がある。〝戦士〟と名乗る者がずっと以前にクロレオンの種族に突きつけた、五千年という期限についてだ。戦士がクロレオン人を征服しようとしたとき、種族は抵抗した。そのさい、五千年の猶予期間があたえられたのだ。その期限が数日後に迫っている。伝説によれば、期限を過ぎると戦士がまたやってきて、クロレオン人たちに最後の闘争を挑むという。クロレオン人が勝利すれば、自由があたえられる。負ければ……それに関して、伝説ははっきりとしたことは伝えていない。しかし、戦士は当時その力を見せつけるかのように、星系の外惑星五つを破壊したという。それ以来、この星系には惑星クロレオンのほかに至福のリングが五つあるのだ。だから、器官メンディンの解釈では伝説はこうなる……戦士が勝利したら、五つではなく六つのリングが中心星のまわりをめぐるようになるのだと。

器官メンディンのまったく個人的な問題は、かれがこの伝説を信じていないことだ。たしかに、五千年ほど前にどこかの星間勢力と紛争があったのは事実だろう。しかし、戦士がまたやってきて、クロレオン人たちに最後の闘争を強いるとは思えない。ところが、そう考えるようになったとたん、自分の考えはまったくほかと違っていることに気づいた。かれは情報技術者なので、いつでも自分の担当セクター内の通信連絡をすべて再生・盗聴することが可能だ。この特権を徹底的に利用した結果、驚いたことに、クロレオンでは最後の闘争に向けた準備の真っ最中だとわかった。クロレオン社会の〝意識〟を形成する脳細胞タイプ……脳ドルーネネン、脳ハーディニン、脳ヴルネネンの三名……が、プロパガンダ・ミルをフル回転させ、翌週にはクロレオンの種族の生死が決定するだろうと、すべてのチャンネルを通じて公表している。

その後、異人たちがクロレオンの上空にあらわれたとき、器官メンディンは最初は揺れ動いた。かれ自身も、伝説が〝戦士のこぶし〟と呼ぶものを左腕につけたそのふたつ目生物の映像を見ていた。しかし、異人の言葉にも耳をかたむけたのだ。なにをいっているかはわからなかったが、感じがよく、友好的でやさしい響きだった。それなのに、意識を形成する三名にとっては、戦士のこぶしを見たことが伝説の証明なのだ。

「きみたちも見ただろう、戦士を」脳細胞タイプ三名の声が電波に乗って鳴りひびいた。「決断の時が迫っていることはわかるな。最後の闘争への準備をするのだ」

異人もまた、惑星をつつみこんでいる衝撃バリアを数隻の船とともに突きぬけてクロレオンに着陸したあと、これと似たような通告を受けていた。惑星は戦いの準備をしている。北極地帯の山脈の地下では新しい工場が操業をはじめ、抗体を大量に産出していた。最後の闘争のための兵士だ。

しばらくのあいだ、器官メンディンはなにを信じていいのかわからなかった。自分自身の考えか、それとも意識保有者三名の話か。戦士が定めた期限が終わるというときに異人があらわれたのは、ただの偶然のように思える。戦士のこぶしも、もしかしたら運命の気まぐれかもしれない……そう受けとるのはかなりの軽信なのだろうが。器官メンディンは自分の考えに確信が持てなくなっていたのだ。しかし、異人はさらにクロレオン人たちに新しいメッセージを送ってきた。こんどはこちらの言語だったから、すぐに理解できた。器官メンディンはメッセージを録音して、何回か聞いてみた。

「クロレオンの住民たちよ、聞いてもらいたい！　われわれは友好的・平和的意図をもって、遠いべつの銀河からこの惑星にやってきた。われわれは戦士ではない。きみたちが戦士のシンボルと呼ぶものについては、偶然に手に入れただけだ。われわれには戦う意志などない。きみたちが戦闘という方法でしかわれわれに対峙《たいじ》することができないならば、この惑星をとりまいているバリアをすこし開いてくれ。そうすれば、われわれはここからはなれ、今後きみたちをわずらわさない。われわれは平和を愛している。戦いはおろか者のすることだ……」

ふたつ目の相手はもう戦士のこぶしをつけていなかった。メッセージの言葉よりもその姿で、器官メンディンは最初の印象の確信を強めた。たとえ伝説がなにを語ろうと、偶然がいかに積み重なっていようと、この異人は戦士とはなんの関係もないのだ。最後の闘争に向けた準備は意味がない。

器官メンディンはクロノメーターを見た。ちいさな部屋の扉の上で色とりどりの数字が光っている。交替勤務の終わりまであと数分だ。決められた仕事はすべて終えていた。しかし、異人のメッセージをもう一度どうしても聞きたくなって、コンピュータに指示をする。すぐに、これまでにもう何回も流したふたつ目の言葉が聞こえてきた。

「クロレオンの住民たちよ、聞いてもらいたい……」

実験室の扉が急に開くときの音ほどいやなものはない。スプリングに引っ張られて扉が上に巻きあがり、ドア枠の上部にある横桁《よこげた》の溝にはまった音がぱちん、がたんと響きわたるのだ。器官メンディンは沈着にというよりはむしろ本能的に、録音装置をとめるボタンに手を伸ばした。それから、振り向く。扉のところに、薄いグレイの制服を身につけたずんぐりとした姿があった。悪意のこもった、ゆうに十数個ある目で、情報技術者をじろじろと見ている。神経ヌドルヴだ。器官メンディンはとっさに考えた。メッセージの再生を聞かれていたにちがいない。もし神経細胞タイプが脳アリニの指示できたのだとしたら、それが異人の言葉だとわかり、禁止されていることを器官メンディンがしていたのを知るかもしれない。

それがたんなる恐れでないことは、神経ヌドルヴの最初の言葉が証明していた。

「どうやらきみは仕事とまったく関わりのないことに従事しているようだな」甲高《かんだか》く突きぬけるような声だ。「説明してもらおうか？」

「つまり、わたしはきょうの仕事は終えたのだ」器官メンディンは必死でおちついているふりをした。「そのあとなにをしようと、わたしの勝手だろう」

「なるほど。しかし、脳アリニはそうは思わないぞ！」神経ヌドルヴは勝ち誇ったようにいった。骨ばった眼孔の奥に危険な光があった。「報告をしなければならないな」

この瞬間、器官メンディンはひとつの決心をした。従順な情報技術者という以前の役割にもどり、仕事以外のなにも考えず、すこしずつ脳アリニの疑いをとりのぞくか。あるいは、考える自由を享受し、興味のあることで頭を悩ませつづけるか。だがその場合、神経ヌドルヴにつねに行動を監視されるだろう。それならば、この神経細胞タイプになにか対策を講じなければならない。神経ヌドルヴは危険だ。脳アリニに報告などさせてはならない。

器官メンディンは後者に決めた。これからの運命はこれで決まったようなものだった。

＊

レジナルド・ブルは搭載艇の下をゆっくりと流れていく景色を退屈そうに見ていた。在来型のグラヴォ・エンジンを持つ小型搭載艇は、一時間半前に《エクスプローラー》の外殻からはなれて、北へ向かっている。ほかに男ふたりと女ひとりがこの搭載艇の乗員だった。プシ・トラストのかつてのリーダーであるストロンカー・キーンとコロフォン・バイタルギュー、そしてミランドラ・カインズだ。あとのふたりには特別な事情があるのだが、そのことはのちに判明する。

「いいですか」《エクスプローラー》の精神がそう話しかけてきたもの。「いまできることは多くありません。エネルギー・バリアがわれわれをこの惑星上に閉じこめていて、どこからバリアが出ているのかわからない。惑星住民の気質もわかりません。なによりも、最後の闘争に関する話がどういうことなのか、まったく不明です。われわれの呼びかけには応えてきませんでした。クロレオン語で呼びかけたことにも、まったく心を動かされていないようです。

このような状況でできることはふたつしかありません。待つことと、情報を集めること。隠者の惑星では通信活動がとても盛んです。われわれはクロレオン語を知っているし、使われているいくつかの秘密暗号はかんたんに解読することができる。つまり、かれらの通信に介入して、そこから興味深いものをひろいだせるというわけです。

残念ながら、そのあいだのことは、あなたにはいささか退屈でしょう。わたしは有意義な行動のために必要な情報を集めます。それには、ゆうに二、三日かかるかもしれません。どうでしょう、なにか気晴らしを探してみては。ただ、ひとつだけ心にとどめておいてほしいことがあります。船からはなれるときは注意してください。クロレオン人たちは、あなたが自分たちに最後の闘争を挑んでくる戦士だと思っています」

船はそういっていた。その一時間後、レジナルド・ブルは搭載艇の一隻で《エクスプローラー》から出発したのだ。

ブルは自分がなにを探しているのか、よくわからなかった。搭載艇のすべてのセンサー・システムは稼働しているが、これまでクロレオン文明の形跡は廃墟以外に見つかっていない。

そもそも、かれはこの遠出にストロンカー・キーンだけを連れてきたかったのだ。ミランドラ・カインズとコロフォン・バイタルギューは勝手に押しかけてきたようなもの。これまでかれらは、ヴィールス船の複合体における全般的な規律の欠如にたえずけちをつけ、ブルの勘にさわっていた。ふたりはある四人グループのメンバーだ。そのグループは《エクスプローラー》での旅に、ほかのヴィーロ宙航士たちとは違う動機で参加したのではないかと、ブルは疑っている。グループの代表はドラン・メインスターという名の太った意地の悪そうな小男だ。この男と妻のアギド・ヴェンドルは複合体にのこる一方、コロフォンとミランドラはヴィールス船三十隻とともに隠者の惑星に向かった。

コロフォン・バイタルギューは背が高いのだが、目立たないタイプだ。痩《や》せていて骨と皮のようだが、とても体力がある。黒い髪は伸びっぱなし。顔は骨ばっていて、深い眼孔の奥に黒い目があった。上唇にはちいさな口髭《くちひげ》を生《は》やしている。伸び放題の髪とは対照的に、髭は手入れしているようだった。

ミランドラ・カインズは思わず振りかえりたくなるような女だ。美しさのせいではなく、男っぽい女の見本のようだから。百八十センチメートルをこえる背の高さがあり、筋骨隆々として、肩幅がひろい。武器を使わない昔の護身術のかなりの使い手だ。すでに四週間以上前、乱暴者の若いヴィーロ宙航士数名をぎゅうぎゅうの目にあわせていた。顔はきつい感じで、おまけにブルネットの髪をレジナルド・ブルよりももっと短く刈りこんでいる。彼女はコロフォン・バイタルギューと結婚契約を結んでいて、この不釣りあいなカップルがどうしてできたか、《エクスプローラー》の船内ではありとあらゆる噂がささやかれていた。そのなかで無難なバージョンのひとつは、がりがりのコロフォンが用心棒を探していて、ミランドラと結婚したのだという噂だ。

北の地平線上に山脈が見えた。隠者の惑星では陸地と海が独特の分布をしている。南半球はたったひとつの大洋が占めていて、そこに何千ものちいさな島がある。これに対して、北半球はほとんど隙間なく陸地でおおわれていた。いくつかの陸地にのびている内海が、わずかに海らしきものだ。北極地帯にそびえる巨大な山脈は、一万二千メートル級の最高峰を持つ。その山脈をヴィールス船団の乗員たちは、王冠の意味で〝クラウン〟と呼んでいた。いま、搭載艇のちいさな制御室にあるホロ・プロジェクションにうつしだされている。

レジナルド・ブルの視線が切り立った稜線《りょうせん》と尖った峰を追っているうちに、映像の上三分の一にまばゆい球状の光があらわれ、猛烈な速度でほぼ垂直に視界を抜けた。赤く燃える球はきらめく粒子の尾を引いている。高速落下によってみずからはがれ落ちた物質の一部分だ。超音波ショックの乾いた硬い音が搭載艇のあちこちのキャビンに押しよせる。数秒後に球は南に大きく突きでた山の向こうに消えた。落雷のような音が空気を震わせる。もうもうたる塵《ちり》と煙がふたつの峰のあいだからゆっくりとのぼっていた。

制御室ではだれもひと言もしゃべらなかった。隠者の惑星が宇宙空間を周回するさいにともなう危険を知っていたからだ。一時間のあいだに、星間物質の墜落する音が静けさを破らなかったことはない。夜には数千キロメートルはなれたところからでも見えた。軌道から引きはがされ、惑星の重力圏に迷いこんでしまった至福のリングのかけらだ。陸地にはあちこちに絶え間ない衝突の跡があった。このクレーターの状況とリングの軌道パラメーターから、いつこの星系の外惑星五つが消え、かつての惑星物質が奇妙にも均等に分けられてリング状のものに変わったのか、《エクスプローラー》の精神はおおよそ計算できていた。カタストロフィが起こったのは、ほぼ五千年前だ。クロレオン人の時間換算でもおおよそ同じようなものだろう。隠者の惑星がその中心星のまわりを一周するのに必要な時間は、テラ標準年とあまり変わらないからだ。

「衝突場所を見てみたい」レジナルド・ブルは搭載艇の操縦メカニズムに向かっていった。

「そのコースを進みます」柔らかい女声は答えた。すべてのヴィールス船の精神が使っている声だ。かつてヴィシュナやベリーセと話したことのある者なら、そのビロードのような低い声の主を思いだすだろう。

搭載艇は高く上昇して、最初の山脈をこえ、西に向かう。深くえぐられ蛇行する峡谷に沿って進むと、幅のひろい谷に出た。星間物質が衝突した場所はそこから十キロメートルもはなれていない。谷の斜面は燃えあがっていた。青い濃煙が、山々の稜線に向かって湧きたつようにのぼっている。燃える球は激突のさい、マグマ成分の大部分をあらゆる方向に飛びちらせていた。高熱によって干からびた灌木《かんぼく》の林が燃えあがり、火が揺らめく絡みあった藪のなかから、松明《たいまつ》のように燃えさかる木々がそそり立つ。火事は谷をすでに焼きつくし、山の斜面の両側に迫っていた。

黒ずんだ地面のまんなかには、隕石が深いクレーターをつくっていた。湯気をたてる土が十メートル以上の高さで盛りあがり、環状の土塁のようになっている。クレーターの直径は五十メートル以上あって、地面を深くえぐっていた。

レジナルド・ブルは巨大なその穴を見て気づいた。想像していたような左右対称ではない。北へのびたかたちで、ほぼ涙滴形に近い。

「これはどういうことだ？」搭載艇にたずねた。「なぜクレーターがまるくないんだ？」

ミランドラ・カインズがこのあいだにカットした映像を拡大していた。

「衝突で地下施設がむきだしになったわ！」興奮して叫んでいる。「幅のひろい横坑があって、クレーターの下までつづいている……」

「それが答えです」搭載艇はいった。「横坑は幅十二メートル、高さ四メートル。長さは八十メートルのところで隕石の衝突によって押しつぶされました。しかし、そのほかは壊れていません。光をはなつものを確認しました。どうしますか？」

「着陸だ」ブルはいった。「クレーターのすぐ近くに」

＊

セラン防護服が四名を熱気からも、煙からも、隠者の惑星の大気に混じる有害物質からも守ってくれた。かれらはおたがいにヘルメット通信を使って連絡した。搭載艇はクレーターのまんなかの上に浮遊している。いざとなったら、吸引フィールドを使って連れもどしてくれるだろう。

最初にクレーターにおりたのはレジナルド・ブルだった。横坑の照明の明るさに驚きながらも、視線を先に進める。見えるかぎりでは北につづいていて、なだらかな傾斜で山の麓《ふもと》の岩盤に入りこんでいた。隠者の惑星に近づき、過去の文明跡として瓦礫《がれき》になった都市しか見つけられなかったときに、船がいった推論を思いだした。この惑星は数千年前にカタストロフィに襲われ、住民は地下深くに逃げたのだという。《エクスプローラー》のハイパーエコー測深機が数多く見つけた、惑星地下の洞窟のなかにもぐりこんだのだろう、と。

それはただの推論だった。それだけのことで、だれもそれ以上は考えなかった。ヴィールス船団が、惑星を海抜二十キロメートル上空でつつんでいる防御バリアを抜けたとたん、バリアのたちの悪さがわかったからだ。外からは無害でなんの役にもたたないように見えるが、内側からは、一度通過したものを永遠にはなさない高エネルギーの衝撃フィールドであることが判明したもの。このフィールド・バリアの意味と目的はすぐにはわからなかった。だが、そのときからかれらは未知惑星の捕虜となった。このことが、クロレオン文明がどうなったかという疑問からヴィーロ宙航士たちの関心をそらしていたのだ。

まったくの偶然で、よりにもよって隕石が衝突した場所に地下施設があったとは。この横坑に沿って進めば、クロレオン人にそのうち出会える。そんな考えがレジナルド・ブルの頭にひらめいた。

「まさか、ひとりで入っていくつもりじゃないでしょうね？」

ストロンカー・キーンの声だった。メンターはレジナルド・ブルからすこしはなれて着地している。隕石衝突の圧力で南にのびる横坑が陥没したところのすぐ前だ。セランのヘルメットの透明ヴァイザーを通して、ブルは当惑した苦笑いを見せた。

「あぶなく出発するところだった」ブルがいった。「しかし、きみのいうとおりだ。突撃は計画的にやらなければならない。特務コマンドを編成して……」

「だれを使うんです？　ヴィーロ宙航士のゆるい連中ですか？　ヴィールス船複合体のなかで、計画などというものを聞いたことのある者がいるでしょうか？」

ミランドラ・カインズのきつい声がした。男ふたりの近くにそっと着地していたのだ。

ブルは上を見た。コロフォン・バイタルギューが最後におりてくる。身のこなしが鈍く、クレーター側面の出っ張っているところにぶつかってしまい、結局セランのシステムに姿勢の制御をたよらざるをえない。レジナルド・ブルはミランドラの非難を相手にしなかった。

「われわれのうち二名で横坑を見にいったらどうでしょう」ストロンカー・キーンが提案した。「あなたとコロフォンが行ってください。ミランドラとわたしはここに見張りとしてのこります」

「了解した」ブルはいった。

かれはコロフォン・バイタルギューの同意を待たなかった。いざとなったらひとりで行けばいい。しかし、グラヴォ・パックの重力フィールドを使って横坑を進みかけると、口髭を生やした痩せた男があとをついてくるのに気づいた。ブルは満足げにひとりうなずき、さらに先に向かった。

横坑は驚くほど単調だった。惑星の内部に直線的につづいている。壁、天井、床はかたくなめらかな鋳物のような物質でできていて、その薄いグレイの色で目が疲れた。発光プレートが規則的な間隔で天井にはめこまれている。その見た目はエレンディラ銀河の恒星〝おとめ座の門〟をまねているようだ。全体の印象として、クロレオン人というのは想像力がないらしい。

このあいだにコロフォン・バイタルギューは間隔を詰めて近づいてきていた。ふたりはならんで横坑を進んでいく。つねに一定のリズムでかすめとぶ発光プレートがなければ、前進しているのがわからないほど、まわりはどこも一様だった。

しばらくして、ブルは停止した。

「こんなことをしていてもむだだ。どこまで行けばいいのか、まったくわからない」

　横坑に沿って目をはしらせた。どこまでもつづいてくだっている。単調さで頭がおかしくなりそうだ。ずっと奥は磨いたベトンでおおわれた輪郭が溶けあって、まばゆい光の点になっている。

「わたしの考えですが」コロフォン・バイタルギューはいった。「陥没地点近くで待ち伏せをするほうがいいと思います。クロレオン人たちはそのうち、隕石で横坑が陥没したことに気づくでしょう。きっと修理部隊を送ってきますよ」

　悪くない考えだと、レジナルド・ブルは思った。賛成の言葉を口にしかけたそのとき、ものすごい音が聞こえてきた。遠くからなのだが、横坑全体が震えた。発光プレートのどぎつい明るさがぼんやりと薄暗くなる。

「なにが起こったんだ？」ブルは通信でたずねた。

「かれらが攻撃してきました」ストロンカー・キーンが答えた。

「かれら？　かれらとはだれだ？」

「山中の砲床からの攻撃です」搭載艇が報告した。「わたしはまずは撤退します。できることがあったらいってください」

「なにはさておき、逃げなければ」ブルはいった。

　グラヴォ・パックをベクトリングして、弾丸のようにそこから飛びだす。コロフォン

・バイタルギューはすばやく反応して追いかけてきた。ふたりがここにくるまでは十五分かかったが、いまはほぼ二分でもどる。煙が向かってきた。ストロンカー・キーンとミランドラ・カインズは横坑のなかに数十メートル後退していた。隕石がつくったクレーターの内側は赤黒く燃えていた。溶けた土が流れ、ふたたびかたまっている。
あたりは妙にしずかだった。レジナルド・ブルはあわててもどる途中で、さらに何度か重ビーム砲の放射の轟音《ごうおん》を聞いていたが、いまは静けさが支配している。

「こちらを閉じこめようとしたんでしょうね」ストロンカー・キーンは推測した。「われわれは捕まってしまった。上には出ることができないし、もう一方からは……」横坑のなかをさししめした。「かれらがすぐに部隊を送ってくるでしょう」

「搭載艇よ」大きな声でブルは呼びかけた。

「ここです」答えが返ってきた。

「上はどのようなようすだ？」

「陥没場所はついさっきまで五カ所から砲撃されていました。乗り物が数機、ゆっくりとクレーターの方向に向かっています。そのなかの一機が着陸し、乗員が出てきました。ほぼヒューマノイドですが、妙に均質的に見えます……」

「砲床を攻撃しろ」レジナルド・ブルは艇の声をさえぎった。「麻痺ビームを使え。大きな被害は出したくない」

「効果はないでしょう」搭載艇はいった。「砲床は完全自動制御か、あるいはロボットが操作しています」

ブルは一瞬ためらった。

「それならば、完全に破壊する」きびしくいった。「できるだけ派手にやるんだ。前進してくる部隊の気をそらせるだろう」

「了解」搭載艇は答えた。

レジナルド・ブルはグラヴォ・パックをベクトリングして、クレーター壁に沿って上昇した。個体バリアを作動させたが、セランの装置に必要以上の負担をかけたくないと思い、高温で液状化した地面は避けて進む。同行者三名のことは気にかけない。ヴィーロ宙航士の特有の無頓着さは消えていた。いま自分は危険な状態にある。戦士として反応しているのだ。ほかの者たちは、なにをしなければならないか、自分で考えるだろう。

ブルはクレーターのてっぺんに到達し、身をかくした。搭載艇の語ったとおり、クレーター近くに皿状グライダーがぜんぶで八機、着陸している。乗員は外に出てきていた。燃えて黒ずんだ地面のあちこちで、赤錆《あかさび》色の制服のちいさな姿が動いている。クレーターをめざしているらしい。すでに徒歩でクレーター壁に到達した者もいるが、レジナルド・ブルには見えなかった。クレーター壁にからだを押しつけて横たわっているから、下を見ることはできないのだ。

搭載艇がうっすら青い上空を高く浮遊しているのが見えた。でこぼこな艇体が、恒星の光を受けて輝いている。太股《ふともも》ほどの太さのエネルギー・ビームが火煙を突きぬけ、その直後にはじけるような放射音が頭上でとどろいた。命中だ。しかし、搭載艇のフィールド・バリアはブラスターのビームを吸収し、なにごともなかったかのようにそのまま進んでいく。分子破壊砲の薄グリーンのビームは、まばゆい恒星光のなかでほとんど見えない。甲高いうなりが空気を震わせた。西のほうの山の斜面で、ガス化した岩に特徴的なグレイの雲が舞いあがる。どぎつい稲妻が砂埃《すなぼこり》を貫いて光り、はげしい爆発の轟音は谷を突きぬけ、焼け焦《こ》げた岩壁に当たって砕けた。敵の最初の砲床が破壊されたのだ。

レジナルド・ブルはチャンス到来と判断した。赤錆色の制服を着用した者たちは、背後で起こっていることは気にならないらしく、平然とクレーター壁に向かって突進してくる。ブルはコンビ銃をパラライザー・モードに切り替えた。かくれ場から半メートルほど匍匐《ほふく》前進すると、戦闘を開始した。

まるで射撃練習場のようだった。制服の者たち数名は倒れて、もう動かない。クレーター壁の上から危険が迫っていることをかれらが理解するまで、ひどく時間がかかった。いっせいに散開して、火災を生きのびたわずかな木のうしろにかくれようとしている。このあいだに、谷の上空にいた搭載艇はさらに砲火を浴びせつづけた。煙をあげる斜面のあいだで、絶え間ない轟音が鳴りひびく。搭載艇は無傷のままだが、分子破壊砲の薄グリーンのビームは、下に飛ぶたび目標に命中。グレイの砂埃が舞いあがり、稲妻が埃を突きぬけて光る。敵の砲床は次から次へと消えた。

赤錆色の者たちはしだいに事情がわかってきたようだ。搭載艇に最後の砲床を破壊されると、完全にお手あげになった。かくれ場から這って出てきて、皿状グライダーに急いでいる。ブルのコンビ銃はたえず作動しつづけた。パラライザーの効果は驚くばかりだった。通常、ほぼヒューマノイド体質の生物が標的ならば、麻痺ビームの射程は五百メートル以下でなければならない。しかし、赤錆色の者たちはほぼ一キロメートルの距離でも倒れた。

異人はパラライザーの高周波ビームに特別に敏感なのかもしれない。ブルはそう考えたが、自分がまったく狙っていなかったところでも逃走者たちが倒れて動かなくなるのを見て当惑し、いったん撃つのをやめてあたりを見まわした。すると、ストロンカー・キーンが八メートルほど横の、黒焦げのクレーター壁のところにいた。ブルはコンビ銃の銃身を揺すって感謝の合図を送る。それに応える自信に満ちた笑みが、幅ひろいヘルメット・ヴァイザーの奥に見えた。キーンはすこしのあいだ中断したことにすぐにまたとりくみ、さらに一メートル上昇すると、逃げていく赤錆色の者の姿にコンビ銃の銃口をふたたび向けた。

レジナルド・ブルは振り向いた。クレーターの底近くにいたコロフォン・バイタルギュートミランドラ・カインズが、横坑からはなれてゆっくりと上昇してくる。自分にあのふたりを非難することはできないと、ブルは思った。規律や団結心はお呼びではないと、くりかえし《エクスプローラー》の乗員たちに主張していたのは自分自身だったからだ。それでも、やや侮蔑的な感情がふと心に浮かぶ。かれら、すべてが終わってからやっと登場というわけか。

ブルは視線をもどした。不注意にも、武器はおろしている。これ以上なにも起こらないだろうと思ったからだ。赤錆色の者たちは逃げ、山中のロボット砲床はすべて破壊した。もうだいじょうぶだろう、と……

その瞬間、〝戦士は最後の最後まで危険へのそなえをおこたってはならない〟という太古の教えをあらためて思い知ることになった。突然、目の前に未知生物の姿が立ちはだかったのだ。ブルとキーンが夢中になって、赤錆色の者たちにテラナーの射撃テクニックへの畏敬の念をいだかせているあいだに、別方向のクレーター壁を登ってきたにちがいない。

レジナルド・ブルは一瞬だけ、ショックで麻痺したようになった。しかし、過去二千年間の数多くの戦いで証明ずみの、だれにも負けないすばやい反射神経が働いた。

*

ブルは瞬時にわきに跳びのいたが、危機一髪だった。クロレオン人が漏斗《ろうと》形武器を発射。おや指ほどの太さのエネルギー・ビームが音をたて、かさぶたのようになったクレーター壁の土を焦がした。さっきブルが腹ばいになっていた、まさにその場所だ。ブルは短い命令でグラヴォ・パックを作動させ、空中高く飛びあがる。これはクロレオン人を驚かせ、次のビームははるかに狙いがそれた。このあいだに、ブルの武器が標的をとらえる。甲高いうなりをあげてパラライザーが発射され、赤錆色の者の動きはそこでとまった。背伸びをしたように数センチメートルのけぞると、うめき声とともにくずおれた。

クレーター壁には支えになるものがない。赤錆色の者は、堆積した土砂《どしゃ》の上を転がり落ちていった。もっとも高いところから底までは十メートル以上ある。相手が殺傷能力を持つ武器でこちらを攻撃してきたとはいえ、そのクロレオン人を転落死させるつもりはブルにはなかった。グラヴォ・パックに命令を出し、装置はそれを理解する。まるで落石のように、レジナルド・ブルは降下していった。墜落していく者を追いこし、張りだした場所のわずかに手前で受けとめる。張りだしまで行っていたら、そこでワンバウンドして、もうもうと煙をあげる場所に投げとばされていたかもしれない。フィールド・バリアを切っておいたからだ。グラヴォ・パックが衝撃を中和し、救った者のからだの重さでブルがいっしょに投げとばされるのを防いだ。

ブルはゆっくりとクレーター壁に沿ってふたたび上昇していった。腕には気を失った者をかかえている。身長は一メートル半ほどだが、並はずれてがっしりとした体格だ。赤錆色の制服はただの汎用作業着で、ポケットと袋のようなものがあちこちについている。しかし、ブルが見るかぎり、防御バリアとか、転落をとめるなんらかのフィールドを発生させるプロジェクターはついていない。からだのまんなかあたりに穴があいていて、そこからかたく黒っぽい皮膚でおおわれた吻のような器官が突きでていた。食糧摂取に使うのだろう。

その頭部には思わず見とれた。頸はなく、半球が肩に直接のっている。骨ばった眼孔が数多くあり、その奥に視覚器官が見えた。前面だけでも十五以上もある。それらは憎しみをこめたままじっと動かず、クリスタルのように光っていた。とはいえ、目下のところ、身を挺《てい》して奈落への墜落から救ってくれた者への感謝をしめすことは、かれにはまったくできないのだが。頭部の半球が肩にのっている場所に、水平に亀裂が入っていた。呼吸器なのだろう。なにかしゃべれるようになったときには、ここから言葉が出るにちがいない。

ブルはクレーター壁の上まで行って、抱いている者をそっと地面におろした。コロフォン・バイタルギューとミランドラ・カインズは、このあいだにクレーターの高いところまできていた。ブルは二名に注意をはらわない。ストロンカー・キーンはこの状況を正しく理解したようだ。キーンがこう呼びかけるのが、ヘルメット受信機から聞こえた。

「搭載艇？」

「ここにいます」女の柔らかな声がした。

「われわれの受け入れ準備はできているか？」

「状況はクリアになりました」搭載艇は答えた。「砲床はとりのぞかれ、クロレオン人たちは逃走中です。かれらのグライダー五機はすでにスタートしました。失神した仲間や負傷者を救うようすは見られませんでした。危険はもうありません。あなたたちを迎えにいきます」

一分もしないで、左右非対称の搭載艇の姿がクレーターの上にあらわれた。吸引フィールドが作動する。気を失ったクロレオン人が最初に艇内に入った。レジナルド・ブルはまだしばらくのこって、クレーター壁から向こうの谷を見おろした。赤錆色の制服姿の者が十数名、燃え落ちた黒っぽい灰の上に動かずに横たわっている。

きみたちは失神しているだけだ、と、ブルは考えた。ふたたび起きあがったら、思いだすがいい。戦士のまねをするなど、おろかなことなのだと。

それから、ブルは立ちあがった。薄い琥珀色に光るシリンダー状の吸引フィールドを探し、そちらに浮遊していく。フィールドはブルを受け入れて、艇内に運びあげた。

2

器官メンディンがいったん決心したら、ほかのことはすべておのずと決まった。直接の危険は神経ヌドルヴだ。

ヌドルヴが脳アリニに監視の結果を伝える方法はふたつある。脳細胞は、自分の部下である神経細胞のなかにいつでもテレパシー手段で介入することができる。そして、そこにある思考や記憶、心に思い描いたことを読みとるのだ。どのくらいの頻度で脳アリニがそのような意思疎通の方法を使っているかはわからない。しかし、神経ヌドルヴが器官細胞タイプのメンディンにいだいた疑いを、数分後には知ることができるのだから、急がなくてはならない。

もうひとつは、神経ヌドルヴが脳細胞のところに行って報告をする方法だ。あるいは、それ専用の通信チャンネルを使うこともできる。これについては、器官メンディンはあまり危険を感じない。部下が脳アリニに話しかけることができるのは、ある決まった時間だけだからだ。神経ヌドルヴが脳アリニと会話する次の機会は、あと二、三時間後だった。

器官メンディンは準備にとりかかった。ついに権力と秩序の外に身をおいたのだという実感が、いまになって湧いてくる。これから自分がすることは裏切り行為だ。自分の命を自身の手で握っている。〝肉体〟という名の集合体をはなれたのだ。いまこのときから、自分は追放者となるだろう。そんな考えが次から次へと頭に浮かんでは消えていく。だが、それをほとんど気にかけなかった。あまりにも不愉快な思考だったし、神経ヌドルヴの危険にばかり注意が向いていたからだ。

準備が終わったとき、器官メンディンは扉を開けて、ほかの同階級の者たちの仕事場につながっている桟の上に出た。神経ヌドルヴはどこか近くで待ちかまえているだろう。いつもの就業時間を半時間以上も過ぎているからだ。これは器官細胞タイプにはめずらしいことだ。みな、決まった就業時間が終わるとすぐに家に帰る。

器官メンディンは、どこへ行くべきか決めかねて、一瞬ためらった。明るい照明の巨大な洞窟に視線を向ける。そこの壁には、まるで海岸の岩場にある小洞ツバメの巣のように、情報技術者の仕事場があった。すべてはどこか原始的な印象をあたえる。以前はそれにまったく気づかなかった。自然石から切りだした小橋が、しばしば曲がりくねりながら、さまざまな傾斜で、五十から八十の扉がグループになっているところを通っている。扉のそれぞれは、一情報技術者の仕事部屋に通じていた。

この洞窟は床から天井まではかると、百メートルをはるかにこえていた。照明として使われている太陽灯が洞窟の湾曲天井の下に浮遊し、自然の恒星をまねた光をはなっている。洞窟の長さは八百メートルほどあり、幅は二百メートルだ。三千名以上の情報技術者がここで働いているが、いまはまったく行き来がない。一日は三十六時間で、最初の十二時間のシフトの者たちはとっくに家路についていたし、第二のシフトはもう仕事をしている。巨大な洞窟は空っぽで、打ち捨てられたようにそこにあった。〝クラウン〟山脈の千八百メートル下、器官メンディンの目の前に……

われわれは不当なあつかいを受けているのかもしれない。細い岩だらけの小道に沿って、下に行く反重力フィールドの場所をしめす赤く点滅する浮遊信号のほうへ歩きながら、器官メンディンは考えた。われわれが穴居者のようにここで働く必要などないのだ。われわれは超光速の通信を自在に使える。そんな高度な技術者に、ツバメの巣のような穴のなかで仕事をさせて、どんな意味があるのだ？

以前には浮かばなかった考えだ。ここで働く何千ものほかの情報技術者同様に、かれはこの仕事場をそのまま受け入れていた。幼いころから、人生に多くを期待しないという心がまえを教えこまれていたのだ。

〝質素は強さを生む〟と、スローガンはいっていた。最後の闘争にそなえよ、と。なんとばかげたことか。かれは軽蔑的に考えた。突然、異分子的な考えが湧いてくる。

こんなばかげたことを信じるために、これまでの人生をすべてむだにしたのか？

器官メンディンは人工重力フィールドに跳びこんで、下降した。巨大洞窟の底には、単座の滑走カプセルがあちこちに置かれている。その一機がこちらの接近に反応し、近づいてきた。かれはすばやい足どりで跳び乗った。

器官メンディンはほぼ二メートルの背の高さがあった。がっしりとした腕、筋骨隆々とした脚、肌は健康的な角質組織だ。からだのまんなかにある吻は、毛穴から分泌される皮脂で光っている。三十六の目を持つ半球形の頭は四十センチメートルほどの直径があるだろうか。自分では気づいていないが、器官メンディンはクロレオン人種族のほぼ原型だ。かれがこれまでに関わった者たちと同様、遺伝子工学による製造施設であるクローン工場〝母〟で製造された。自分も仲間たちと同じく、仕事上の機能に特化してかたちづくられたと、かれは信じている。そのとおりだ。しかし、〝肉体〟の計画によれば、技術者の職務につく器官細胞タイプは、クロレオン人種族の原型にしたがってしあげることになっていた。

「家に行ってくれ」乗り物にそういって、所定の場所にIDバッジを押しつけた。

カプセルは動きだした。器官メンディンを注意深く見ていた者がいれば……神経ヌドルヴがそうしていることを、このときかれは望んでいたが……この情報技術者が仕事帰りらしくないことに気づいただろう。十二時間のシフトを終えた器官細胞タイプの労働者は、ふつうは疲れてぐったりしている。それなのに、器官メンディンの三十六の目はしっかりと周囲を見まわし、どんな細かいところも見落とさないようにしていた。乗り物は巨大洞窟の地面で急加速し、南の住居地区につづく、二十以上もある横坑の出口のひとつに向かっている。かれは実際に神経ヌドルヴと会うことを望んではいないが、あの神経細胞タイプはどこか近くで待ち伏せているにちがいない。

カプセルがもうすぐ横坑がならんでいる場所に着くというところで、器官メンディンはいった。

「考えが変わった。やらなければならないことが、まだあるんだ。大部品倉庫に行ってくれ」

「北出口のですか？」乗り物はたずねた。

「そうだ」器官メンディンは答える。カプセルが速度を落とし、方向転換をすると、心のなかで歓声をあげた。自信がなかったのだ。乗り物がコース変更を拒否する可能性があった。なぜならば、仕事時間は終わっているし、決められた規則指示にしたがえば、たったひとつの目的地しか選べないからだ。つまり、自分の住まいである。

この問題はこれでなんとかなった。あとは神経ヌドルヴだ。いまの行動により、こちらの気がとっさに変わったような印象をあたえたい。とっさの行動は疑われるからだ。器官細胞タイプはつねに決められたように生活しなければならない。突然なにかを思いついてはならないのだ。カプセルがまわれ右して、ホールの北端に向かっているのを神経ヌドルヴが見たら、不審に思うだろう。

乗り物は洞窟を横切って、最低限の照明しかない細い通廊に入った。有機生物が部品倉庫にくることはめったにない。ここは、技術者の指示によって倉庫にある材料を補完したりとりだしたりする作業ロボットの領域だからだ。カプセルは倉庫ホールの出入口前にとまった。器官メンディンがIDバッジをセンサーに押しつけると、扉はひとりでに開いた。カプセルがもどっていくのを待ってから、大きな部屋に足を踏み入れる。倉庫は加工されていない自然の岩からできていて、見通せないほど遠くまでのびていた。はてしなくつづく台架の長い列には、クロレオン人の技術生産物が積まれ、ロボットがわかるように目印がついている。

器官メンディンはおちついた足どりで進んだ。背後で扉が閉まるのが聞こえたとき、はじめて足をとめた。自分の仕事場で準備しておいた装置を薄青色の制服のポケットから出して、それを台架のひとつに置いて、スイッチを入れる。このちいさな箱形装置には機能がいくつかあった。窮地におちいって逃げなければならないとき、これを使ってクロレオンの通信チャンネルにつなげば、情報が手に入り、自分にとられている対策がわかる。だが、さしあたりこの小箱が出すのは雑然としたインパルスの羅列だけだ。なぜなら、たったひとつの目的は神経ヌドルヴの注意を引くことだからだ。

器官メンディンの計画が思ったとおりに進んでいるなら、いまごろあの神経細胞タイプは、倉庫に積みあげられている装置をこちらが不当に持ちだし、規定に反して操作したのではないかと疑っているだろう。神経ヌドルヴが持つ技術的な知識は、職務上必要な最低限のものでしかないから、この箱から発信されるインパルスをどうすることもできないが、はっきりと受信するのはたしかだ。神経細胞タイプは……においや音から、電磁性信号やハイパーエネルギー性放射にいたるまで……ありとあらゆる感覚的刺激を探しだして突きとめる鋭敏な感覚器官を持つ。それ以外に、非常に精密な計測装置の一式を持たされている。それらはからだのなかに埋めこまれていて、計測値を機械的テレパシーで直接、神経細胞に伝えることができる。神経ヌドルヴはすでに器官メンディンに対して疑いをいだいているのだから、小箱からのインパルスをすぐに感知して、部品倉庫にあらわれるのは時間の問題だろう。

器官メンディンは、小箱を置いたところから数歩しかはなれていない場所にかくれ場を探した。周囲を見まわして、縦長の金属棒のようなものを見つけ、なにかに使えるかもしれないと、手にとる。ゆっくりと重さをはかって、ためしに振ってみた。そのとき、扉が開く音がした。とっさにひざまずき、部品の山のうしろにできるだけ見えないようにかくれた。

神経ヌドルヴは危険を恐れず、台架のあいだの通路を平然と近づいてきた。センサーがあるので道を間違えないのだ。薄いグレイの制服が、器官メンディンがかくれている部品のあいだから光って見えた。神経ヌドルヴは滑稽で不自然に見えるほど無頓着に歩いている。しかし、そこで器官メンディンははっとした。不自然でない従来どおりのやり方すべてに違反しているのは、実際には自分のほうだと気づいたからだ。神経細胞タイプに、なにを恐れる必要がある？　そもそも、神経細胞タイプがほかのクロレオン人から……どのタイプであろうと……おびやかされることなどあるのか？　神経細胞は監視者としての役割を演じている。それぞれの持ち場ですべてが規則規定どおりに進行するように気を配るのだ。神経細胞は上司である脳細胞に直接連絡する手段を持ち、脳細胞は神経細胞の思考内容をいつでも呼びだすことができる。

器官メンディンは、神経ヌドルヴが台架のあいだをおちつきはらって歩くのを見たとき、自分が生きている社会のしくみをはっきりと理解した。社会の枝葉としてほかの者に同調するだけの存在。規則だけにしたがって動く硬直化したシステム。そのなかで独自のイニシアティヴを発達させることは……たぶん〝意識〟のような上位レベルの者をのぞいて……異常とみなされるのだ。

不自然な行動をしているのは神経ヌドルヴではない。これまで絶対的なものだと思っていた規則をおかしているのは自分なのだ。

雑然としたインパルスを放射する小箱の前で、神経ヌドルヴが立ちどまった。周囲を見まわしている。

「出てこい、器官メンディン。きみがこの近くにいるのはわかっている」

器官メンディンはこの甲高く突きぬけるような声が嫌いだった。ほかの神経細胞タイプと同様に、神経ヌドルヴは背が低い。器官メンディンの吻の付け根までもとどかないくらいだ。監視者としての使命をはたすために特別につくられた存在で、それほどたいした知性は持っていない。からだ全体とくらべると頭はちいさく、萎縮しているように見える。そのかわり、からだは出っ張りとへこみだらけだった。体内に埋めこまれた装置のせいだ。

「脳アリニにこのことを報告しなければならないのは、わかっているだろう」神経ヌドルヴはつづけた。「きみがなにをするつもりなのかは知らない。しかし、いずれにしても規則違反だ」

器官メンディンはほっとした。すると、脳アリニは神経ヌドルヴがいだいた疑いをまだなにも聞いてないということ。すべての神経細胞タイプは、自分の思考を脳細胞タイプが探ってきたなら、はっきりと気づく。つまり、神経ヌドルヴが論理的な理由もないのに嘘をついているか、それともまだ本当に脳アリニに知らせていないかのどちらかだ。

グレイの制服姿のちびは、自分の行動に自信があるようだ。あらゆる方向を向きながら、部品の隙間をのぞいている。

「わたしからかくれるのは無理だぞ」神経ヌドルヴはいった。「きみを実際に見つける必要もないんだ。脳アリニはいずれにしてもこのことを知るだろう」

神経細胞タイプは台架のあいだを数歩、行ったりきたりした。器官メンディンは、自分がかくれている場所の角まで相手がくるのを待った。神経ヌドルヴを不意打ちするのは容易ではない。三十六の目で全方向を見ているからだ。

神経細胞タイプがかくれ場まであと二歩のところに近づいたとき、器官メンディンは反撃にうつることにした。立ちあがる。神経ヌドルヴは歩くのをやめた。三十六の目を光らせて、甲高い声でたずねる。

「なにをばかなことをやっているんだ？」

まだ、ことの重大さがよくわかっていないらしい。これから自分に降りかかるのはあまりに恐ろしいことなので、とっさには理解できないのかもしれない。しかし、目の表情が変わり、どれも眼孔の奥深くに沈んだようになった。怒りに満ちていた光が、不安そうなかすかなきらめきに変わる。

「きみは自分のしていることがわかっていない！」神経ヌドルヴは叫んだ。「脳アリニが……」

上司である脳細胞タイプの名前が、スリットロから出てきた最後の言葉だった。器官メンディンが殴りかかる。神経ヌドルヴは一瞬、身を守ろうと腕をあげて頭をかばったが、むだだった。器官メンディンは金属棒で、怒りと憤懣《ふんまん》をこめた猛烈な一撃をくわえる。神経ヌドルヴは声も出さずにくずおれて、死んだ。もう二度と器官細胞タイプの行動を監視することはできない。

器官メンディンは向きを変えようとして、小箱をふたたび手にとった。神経ヌドルヴを殴り殺した金属製の棒をかくすのに適当な場所を見つけなければならない。近くで物音がして、振り向くと、ロボット一体が倉庫の台架のあいだの通路から滑りでてきた。単純な型のもので、倉庫の品を整理し、それぞれが目印どおりに置かれているか調べるのが仕事だ。しかし、単純とはいえ、ここでなにか規則違反が生じているのに気づくらいの知性は充分に持っている。この場面を録画していれば、いずれ上司のいる整備センターに送るだろう。いま撮った映像には、金属棒を手にした器官メンディンと死んだ神経ヌドルヴがうつっているのだ。

一瞬、ロボットに跳びかかって、スイッチを切ろうかとも思った。しかし、すぐに考えなおした。ロボットを破壊することに成功したとしても、その前にこの件の報告がすでに送信されているかもしれない。そうなれば、さらに話はややこしくなる。ただでさえ大変なことが、もっと大変になる。

かれは棒をその場に捨てた。いまとなってはかくしても意味がない。神経ヌドルヴを排除することで、決心をするために必要な時間を稼ごうと思っていたのだが……これ以上、クロレオンの硬直した規則社会に屈服しないという決心を。これから先も自分自身で考えたことを追求する、自由な生物でいるという決心を。将来は、ほかの者が自分用にあらかじめ考えだしたことを追体験するのでなく、独自の思考を展開していくという決心を。

だが、いまはもう時間がなかった。決心を迫られている。自分は規則に逆らい、規則は自分を葬りさろうとしているのだ。

器官メンディンは力なく向きを変え、出口に歩いていった。作業ロボットもとめようとはしなかった。

＊

「テラの歴史にも、そのような社会を手に入れようとする数多くの試みがあった」レジナルド・ブルは疲れた声で、ヴィールス船の説明にコメントした。「幸運なことに、その計画を実現するには、指導者たちに方法と知識が欠けていた。しかし、ここではそれが達成されたというのか？」

「すくなくとも、外から見たかぎりでは」船の柔らかい声は答えた。「クロレオンの社会は徹底的な機能主義です。種族は自分たちのことを総体として〝肉体〟と考えています。そこには個人はいなくて、決まった役割をそれぞれはたす体細胞があるだけ。もちろん、機能で分けられたグループが存在します。クロレオン人の大部分は〝器官細胞タイプ〟です。生産的なことに従事する労働者ということ。下働きの職人、技師、医師、情報技術者、科学者など、およそ考えられるすべての職務があります。それから〝神経細胞タイプ〟。かれらは見張りの役割をはたし、肉体に問題が起きたり病気になったりしないように注意します。なによりも病気とみなされるのは、それぞれの器官細胞が規則に反する特性を発揮すること。そのようなケースがあれば、神経細胞はただちに当該の〝脳細胞タイプ〟に報告するのです」

「それは、つまり監督者だな」ブルはいった。

「管理機関と呼べるかもしれませんね。脳細胞タイプのうちの三名は特別に高い知性を持ち、〝意識〟をつくりだしています。われわれの概念で見れば、政府に当たるわけです。クロレオン社会に関してこれまでわれわれが知りえたことからすると、その三名が絶対的な権力を行使しているのはたしかでしょう」

「もし、いわゆる病気のケースが報告されたら、脳細胞すなわち意識はなにをするんだ?」レジナルド・ブルはたずねた。

「〝抗体〟に指示をあたえ、病巣を排除させます」

「排除? どのように?」

「細胞を破壊するのです」

「しかし、それは細胞ではない！」ブルは叫んだ。「本当は違うはず。それは思考する、独立した一生物だ。そうだろう？」

「それはわれわれの解釈で、クロレオン人たちの見方は違います」船は答えた。「それはそうと、これら抗体タイプには特別な事情があります」

ブルの怒りはまだしばらくおさまらなかった。

「われわれが捕まえたのは、抗体なのか？」

「はい。かれは、みずからを〝抗体ペルダー〟と称していますが」

「どのぐらいの数の細胞をすでに殺したのか？」

「それに関しては話しませんでした」

「いいだろう。それでは、抗体はどうして特別なんだ？」

「クロレオンのような社会が発生するのは、もちろん、ある決まったパターンの個体をつくる方法が存在するときにかぎります。その結果、将来的にある職種が要求された場合、各個体がその職業に最適な者となるわけです。隠者の惑星では、知性体がほかの文明世界のような繁殖のしかたをしません。クロレオン人は培養されるのです。かれらは〝母〟という偽善的な名前を持つクローン工場でつくられます」

「つづけてくれ」ブルはうなった。「気分が悪くなったら、いうから。なぜ抗体が特別だか、わたしにはまだわからない」

「すべてのクロレオン人は〝母〟から生まれます」船はつづけた。「意識を形成する三人組もそうです。ただし、隠者の惑星の階級社会でひとつ例外がある。それが抗体です。かれらも同様にクローン工場から生まれるのですが、その工場は〝母〟とはなんの関係もありません。抗体はさまざまな脳細胞タイプから病巣を殺すよう要請を受けるし、それにしたがうことを規則によって義務づけられているのですが、それでも、意識の直接支配のもとにあるわけではないのです。この独立したクローン工場の複数が最近、抗体の大量生産をはじめました。どうやら、間近に迫る最後の闘争で、抗体を兵士として投入するつもりのようです」

レジナルド・ブルはすぐには反応しなかった。遺伝子技術の法則にしたがって、すなわち人工的に構成員が生産されるという、徹底的に組織化された社会の恐ろしさをしばらく思い浮かべる。やがて、ブルはたずねた。

「最後の闘争の伝説とはなんなのだ？　クロレオン人たちはわれわれを、だれと勘違いしているのだ？」

「いまの時点ではわかりません」船は答えた。「たぶん、過去に……都市がすべて廃墟になり、五つの外惑星が至福のリングに変わったときに……〝戦士〟とその軍隊が引き起こしたカタストロフィがあったのでしょう。実際には当時なにが起こったのか、抗体ペルダーは知らないといいました。しかし、クロレオン人たちにとって、戦士がもどってくるのはたしかなことなのです。それも、五千年という時間が過ぎたのちに。この猶予期間は終わりました。クロレオン人を〝試験〟するために、戦士がやってくるということ。ここまでは、クロレオン人たちの通信を傍受してすでにわかっています。戦士のシンボルは〝戦士のこぶし〟とも呼ばれ、ストーカーのパーミットと同じ見た目です。それで、かれらは完全に勘違いしたのでしょう」

「バリアはなんの目的で惑星全体をつつんでいるんだ?」レジナルド・ブルはいった。

「おわかりのはずでしょう」皮肉たっぷりに船はいった。「戦士が考えだして設置した、抜け目のないしかけです。最後の闘争への不安から、クロレオン人がこっそり逃げだしたりすることのないようにしたのです。目立たず、かんたんで、効果的です。こうすれば、戦士は五千年間、惑星を監視する手間がはぶけるというもの」

「バリアはそんなに前からあったのに、クロレオン人たちはそれを無効にできなかったのか?」信じられないようにブルはたずねた。

「たしかに不思議に思うかもしれませんが」《エクスプローラー》はいった。「クロレオン人の技術がテラの旧暦二四〇〇年ごろのレベルであることを、よく考えてみなければ。遺伝子工学についていっているのではありません。その分野は、基本的にとても発達しています。しかし、千六百年前ならテラナーも、やはりそのバリアをとりさることはできなかったでしょう」

「しかし、いまならできる」レジナルド・ブルはうなった。「これで、われわれにはふたつの目標ができた。ひとつはそのフィールド・バリアをつくりだす施設を見つけること。この惑星のどこかにあると思う。それが機能しないようにしなければならない。ふたつめは、意識と名乗る者たちと接触すること。クロレオン人たちは、戦士との最後の闘争が起こると信じこむことで、危険で自己破壊的な妄想に強く囚《とら》われていったのだ。そのことを、かれらにわからせたい」

「それが妄想でなかったら、どうします？」船はたずねた。「もし戦士があす、隠者の惑星の上空にあらわれたら？」

「ばかばかしい」ブルはいった。「フィールド・バリアをつくる設備について、抗体ペルダーがなにか知らないか、訊いてみてくれ。それから……」

「口をはさんで申しわけありませんが」船はいった。「抗体ペルダーに訊いてみることはできません。もういないので」

「なんだって？　逃げだしたのか？」レジナルド・ブルは驚いて叫んだ。

「いいえ。もう生きていません。転落のさい、内臓に損傷を受けたことにくわえて、ひどいショックを受けたようです。われわれはクロレオン人の生態をまだよく知らないので、かれを助けられませんでした。治療中に死んでしまいました」

　ブルはしばらくじっとすわっていた。

「なんてことだ」しばらくしていった。「そんなことになるなんて」

＊

《エクスプローラー》が盗聴しているクロレオンのニュース放送から仕入れた知識は、しだいにすこしずつ完成されていった。数万の情報断片をある程度まで理解し、納得できるものに組みあわせていくには、細かい作業を数多くやらなくてはならない。

それでも最終的に、クロレオンの権力中枢は北極の山脈の下にあることがはっきりした。こちらはその山脈を〝クラウン〟と勝手に呼んでいたが、皮肉なことにクロレオン人たちもそう呼んでいたのだ。山脈の下に地下都市と工廠《こうしょう》設備があり、クローン製造工場〝母〟もそこにあった。抗体を生産する施設も見つかるだろう。北半球の大きな大陸ののこり部分では、やはり地下にいくつかの町があったが、人口密度はクラウン山脈の下ほどではない。意識を形成する三人組の拠点も、やはり北極山脈のどこかだろう。

レジナルド・ブルは北極地域に拠点を築き、そこに三十のセグメントからなるヴィールス船団を移動させるのが有益だと思った。そこでは《エクスプローラー》が……つまり、自分と乗員たちの希望に沿ってヴィールス雲の物質からつくりだされたオリジナルの《エクスプローラー》が……指揮セグメントの役をはたす。しかし、ブルがその考えを表明したとき、乗員たちの反応に驚くことになった。

指揮船の名前をとって同様に《エクスプローラー》と名づけられたヴィールス船複合体の千三百セグメントに常駐し、旅をしているヴィーロ宙航士たちは、根っからの冒険好きだ。ブルの仲間になったのは、かれがおもしろいところに連れていくと約束したからだった。ブルはまず力の集合体エスタルトゥを、なかでもエレンディラ銀河をめざした。ストーカーの大げさな描写による至福のリングの現象がとくに印象的だったからだ。それはヴィーロ宙航士たちも気にいった。かれらの動機は宇宙の不思議を見たいということ、ただそれだけなのだ。

みな、その動機にふさわしい行動をした。秩序と規則、命令と服従はどうでもよかった。かれらは個人主義者で、協調性がない。なにか困りごとが生じてだれかに助言をもとめるとき、ふつうはレジナルド・ブルに訊くだろう。二千年以上の人生経験を持つ人間はめったにいないのだから。だが、そんなブルでも、かれらに意見することなどできなかった。

この場合、問題になるのは、ぜんぶで千三百のセグメントのなかのわずか三十だ。のこりの千二百七十セグメントは以前と同じように、隠者の惑星の周回軌道にいる。それなのに、レジナルド・ブルが自分の考えをいったところ、思っていたのとはまったく違う反応が返ってきて、仰天することになったのだった。

「べつの拠点に移動？　それは煩雑だし、危険すぎます。なぜここにとどまって、クロレオン人がコンタクトしてくるまで待たないのですか？」

ブルは《エクスプローラー》内での規律のなさに、以前からなにも文句はいっていない。それを、いまになって秩序とか忠誠とか口にしたら、奇妙だろう。ロワ・ダントンとロナルド・テケナーから警告を受けたもの。《ラヴリー・ボシック》と《ラサト》が《エクスプローラー》からはなれて力の集合体エスタルトゥに向かう直前に、自由航行者の王とスマイラーはレジナルド・ブルに注意していたのだ……エレンディラでなにかあったとき、まったく規律のないチームとではどうしようもないだろうと。当時ブルは友の心配をおもしろがっていた。いまそれを思いだしたが、すでに遅すぎたようだ。かれはもう命令も指示もできない。自由意志での行動で満足しなければならないだろう。

だが結局、三十セグメントのうち六隻が同行し、いっしょに北に向かうといってくれた。そのときはうれしかった。

だが、ブルの計画ははっきりとしたものではなかった。かれ自身、ある程度は乗員たちの影響を受け、すこし規律がなくなっていたのだ。〝意識〟とコンタクトをとりたいし、惑星にひろがる防御バリアをつくりだす施設も見つけたかったが、それ以上のことはわからない。ある考えがしばしば頭をよぎった。もしペリーがいまの自分を見たら、心配するかもしれない、という考えだ。

とうとう、ちいさな部隊は出発し、ほかの二十三セグメントは、とりあえず最初の着陸場所にのこった。クロレオンの見捨てられた都市廃墟のすぐそばだ。

レジナルド・ブルの人生で、あとになってもっとも興奮した時間のひとつとなるときがはじまった。それは、言葉の通じない、伝承の言葉や映像に執着する敵を相手にしているからだけではない。わがままなテラの個人主義者たちの頑固なものの考え方とも関わっているのだ。ふたつのうち、どちらがより大きな問題なのか、いまもまだはっきりとわからなかった。

＊

この計画はすべての面で、最初から悪い星のもとにあったようだ。レジナルド・ブルは七セグメントを北極の山脈地帯にひろく分けて配置した。ヴィールス船のそれぞれが、数多くある地下洞窟のひとつの近くに着陸する。それらの洞窟は、ハイパーエコー測深機が苦もなく見つけていた。レジナルド・ブルは乗員たちに、細心の注意をはらうようにすすめた。自分たちがこれほど近よったのだから、クロレオン人たちは神経質に反応するだろう。しかしながら、自分の指示をどれほど真剣に乗員たちが受けとったのか、はっきりとはわからない。ヴィールス船内では全員が不機嫌で、気分が沈んでいた。反抗的な気運が高まっている。

《エクスプローラー》はまばらな木立がつづく高原に着陸していた。その下のどこかに巨大な空洞があって、そこからめちゃくちゃなエネルギー信号が発信されている。下にクロレオン人の町があるのだろう。レジナルド・ブルは、ほぼ六十名の志願者グループといっしょに出発した。地下施設の入口を探すのだ。

〝徒歩で〟進んでいく……そういえるかどうかわからないが。輸送手段としてセランが役にたったからだ。惑星の諸条件のもと、グラヴォ・パックが時速百キロメートルの前進を可能にしてくれる。ブルはヴィーロ宙航士たちを散開させ、おたがいに連絡をとりあうことと、すくなくとも隣りにいる者がいつも視界に入っているように行動することを助言した。ストロンカー・キーンは今回は《エクスプローラー》にのこっている。そのかわり、ミランドラ・カインズとコロフォン・バイタルギューがいっしょに行くといってきかなかった。二名の声がしょっちゅうヘルメット通信機から聞こえる。ほかの者に忠告しているのだ。みなチームメンバーのそばにとどまり、〝酔っぱらった浮浪者の群れみたいにそのへんをふらつかない〟ように、と。それに対する反応を知るのに、長くはかからなかった。

「ふたりの秩序提唱者がしだいに勘にさわってきたぞ」ヴィーロ宙航士の一名が腹をたてて発言した。「だれかがふたりに黙れといわないなら、わたしは引きかえす」

ブルはカインズとバイタルギューにすこし遠慮するように注意した。それがどれくらいの効果があったか、わからない。そのあとすぐに、通常ヘルメット通信の有効範囲をはなれたからだ。あとは《エクスプローラー》から呼びかけられるか、さもなければ緊急周波の通信しかとどかない。ブルは自分自身で助言した内容を無視して、仲間たちをまったく気にかけず、ほぼ五十メートルの高さの岩壁に注意を向けた。その岩は草地だらけの高原の単調さを破っている。

異恒星の日ざしが暖かい。惑星の北極からは三百キロメートルもはなれていないのだが、セランのマイクロコンピュータに外気温をたずねると、ヘルメット・ヴァイザーの映像フィールドに三十四度という値《あたい》があらわれた。弱い風が乾いた平原を抜けていき、あちこちで埃のつむじ風が巻き起こって、木々のあいだで踊っているようだ。西から厚い雲がゆっくりと近づいてきた。《エクスプローラー》の予報では、午後の後半は嵐になるという。その天気予報はおおむね信用できる。ヴィールス船は隠者の惑星の気象学を驚くほどすばやく分析し、解読していた。

レジナルド・ブルは、ヴィールス船団が最初に着陸した場所である廃墟のはずれでのアクシデントを思いだして、途中の植物を慎重に避けて進んだ。ここの植生はけっして、ふつうのヒューマノイドが住む惑星のように受け身で無害ではない。隠者の惑星の植物世界は凶暴で、侵入者を拒否する。自然が……あるいは、必要に迫られて起きた突然変異が……植物に武器をあたえたのだ。ありとあらゆる攻撃テクニックを訓練している。多くは毒のある棘《とげ》や果実をはなち、それが衝突するさいに破裂して臭いガスがあたりに拡散する。べつのものは枝を触手として使い、それで獲物を引きよせ絞殺する。セランを着用している者に危険はないが、宇宙服の防御手段にまさる攻撃戦術を持った植物と、いつ出会うかわからないではないか。

グラヴォ・パックの助けで岩を乗りこえると、驚いたことに、大きく深い一クレーターに到達した。かなり前に、けっこうな大きさの隕石がぶつかったにちがいない。惑星の地殻にできている、岩でかこまれたその穴は、直径五百メートルほどの円形だった。クレーターの内壁は急角度で傾斜している。ほぼ三百メートル下に、なめらかで真っ暗な水面が見えた。巨大なすり鉢状の底を水が満たしている。

遠くから雷鳴のとどろきが聞こえ、足もとの地面が震えるのを感じた。そのとき、緊急周波での呼びかけを受信した。ラロ・ウィフィングという名の男がいう。

「だれも興味はないかもしれませんが、わたしはそっと失礼します。ここはあまりに居心地がよくない。それに、なにも見つからないし」

「さっさと帰って、寝てろ」レジナルド・ブルは腹をたてて答えた。「居心地よさをもとめるなら、そもそもくる必要はなかったんだ」

緊急周波を通じての答えはなかった。ラロ・ウィフィングは、冷たくどなりつけられて驚いたのかもしれない。

ブルは西の悪天候の前線がどこにあるか調べた。それは思ったよりも早く近づいてくる。大きな黒い雲のなかを稲妻がはしるのが見えた。いかに放電の嵐がはげしくても、恐れる必要はない。セランが充分に保護してくれるからだ。しかし、計画にもとづいた調査は、嵐のあいだは無理だろう。

大地が震えるのをまた感じて、ブルは立ちすくんだ。今回は雷鳴は聞こえない。地面の震動がひどくなってきた。クレーターの周囲を見ると、あちこちでグレイがかった青い煙が、草木のない地面からまっすぐにたちのぼっている。底の水面は黒く動かない。しかし、いま、くぐもったとどろきがはっきりと聞こえた。それは惑星の内部からくるようだ。ブルは混乱した。なにが起きているのか。かれの理性は、たちのぼるグレイの煙を表現する言葉を探していた。遠い昔に一度、聞いた言葉を……

火山噴気！　それだ。イタリアのナポリ湾をかこむ山々の斜面で見られる。あれはいつのことだったか……

ブルがまだ思いをめぐらせていると、クレーター壁のあちこちで爆発が起きた。土砂は噴出し、高く舞いあがる。そのあとから、赤熱《せきねつ》したマグマが噴きだして、もうもうと煙をあげ、流れていく。レジナルド・ブルは過去の呪縛からいっきに自分をとりもどした。身に迫る危険にはっきりと気づいたのだ。それは自分だけではなく、近くにいるすべての遠征メンバーにも迫っている。沸点にまで熱せられた溶岩が底の冷たい水とまじったら、このクレーターを引き裂く大爆発になるかもしれない……

「気をつけろ、みんな！」ブルは緊急周波で叫んだ。「捜索地帯のすぐそばで火山活動が発生した。防御バリアのスイッチを入れろ。全部隊は可及的すみやかに《エクスプローラー》に撤退しろ」

「どっちみち、そうするつもりでしたよ」まのびした声が答えた。「外は退屈だから」

「急げ！」ブルはひどく怒って、「フィールド・バリアを作動させるのを忘れるな。ここではすぐに、きみが思っていた以上の大変なことになるぞ」

「ま、いいでしょう」警告された者は不機嫌につぶやいた。「もし、そうならなければ……」

ブルはそれ以上、聞いていなかった。溶岩流の先端が底の水に到達する。悲鳴のような騒音が響きわたり、白い蒸気が巨大な噴水となって噴きあがる。ふたつの相《あ》いいれない要素である火と水がはげしくぶつかる勢いで、地面が揺れた。湧きあがる蒸気ですべてが見えなくなる。だが、その前にレジナルド・ブルは、クレーター壁に大きな裂け目ができて、数メガトンもの真っ赤に熱せられた溶岩が惑星内部からあふれでるのを見た。

最初の突風に、からだをあおられる。

「おい、セランよ。気をつけてくれ」ブルは小声でいった。相いかわらず目の前の現象のすさまじさに魅せられながら、ずっと下を見つめている。

「気をつけています」ロボット音声が冷静に答えた。「フィールド・バリアはフル作動していますし、グラヴォ・パックもすぐに使える状態です」

船の声がした。

「そこからはなれることを考えるべきです」と、強くすすめてくる。「強い地下震動を感知しました。もしマグマが地下から水中に流れこむようなことになれば、クレーター全体がまっぷたつに割れるような爆発が起こります」

「充分に気をつけるよ」ブルはうわの空で答えた。「ほかの者たちが早めに避難することにだけ注意していてくれ」

「ああ、心配はいりません」《エクスプローラー》はまじめにいった。「かれらは全員帰還しました。そんなことに命をかける者はいません」

ブルはいいかえそうとした。それはきっと感じのいい言葉ではなかっただろう。しかし、どっちみち口にできなかった。足もとで大地が裂け、すべてをつつみこむような炎がジェットのようにあがる。雷鳴が轟音をたて、大気を揺する。船の声が警告していた最悪のことが起きた。マグマが湖の下に流れこみ、下から噴きあがったのだ。

セランの反応はほんのすこし遅すぎた。恐ろしい衝撃とともに、レジナルド・ブルは高く飛ばされ、ものすごい噴出のエネルギーを吸収しようとしたフィールド・バリアの光る放電につつみこまれた。突然の加速によって肺から空気を押しだされ、ブルは何度も意識を失いかける。それから、はっきりと思考力がもどった。

「船へ向かってくれ」ブルはいった。

まわりは立ちこめる煙と蒸気だった。視野はもはや数メートルしかない。自分がどのくらいの高さにいるかわからなかった。猛スピードで目の前をかすめていく、かすかに光るものが見える。それが大きな雨粒だと気づくのにしばらくかかった。稲妻がもうもうたる煙を貫く。鋭くはじけるような稲妻の音が、火山の噴火のとどろく音を一瞬、かき消した。

なにもかもが一度にくる。ブルはそう思ってあきらめ、セランのマイクロコンピュータに話しかけた。

「すぐに帰らなくては」

「そうかんたんにはいかないでしょう」セランは答えた。「われわれにはお客がいるようです」

＊

かれらは前回よりもきちんと準備していた。赤錆色の制服は同じだが、ちっぽけな皿状の乗り物に乗り、大混乱のあいだを驚くほど敏捷《びんしょう》に抜けて疾駆している。ひとつの皿に二名が乗って、突然に近づいてきた。どこに獲物がいるか、正確に知っているようだ。至近距離からテラナーに砲火を開く。レジナルド・ブルのフィールド・バリアが明滅し、スペクトルのあらゆる色に揺らいだ。

ブルはホルスターから武器を抜いた。今回は麻痺モードに切り替える意味はない。体当たりしてくる乗り物は、怒りに燃えて撃ってくる乗員と同様に危険だ。一か八かである。

とっくに忘れていた遠い過去の日々がもどってきたようだ。あまりに多くの時間をデスクの前や通信センターですごしていたが……指導者として。そのときは頑固なコンピュータと理解のない部下というかたちで、人生のいやな面が明らかになったものだ。しかし、ブルはすばやく現実にもどった。千五百年間が一瞬で消える。自分の状況を分析し、重大な危機にいることを知った。赤錆色の者たちから集中砲火を浴びたら、フィールド・バリアは崩壊するだろう。すばやい乗り物での体当たりも、バリアは吸収することができない。

ブルは応戦した。二機の皿状乗り物がインパルス銃の攻撃であっさりと墜落していく。しかし、ますます多くが煙のなかから向かってきた。セランが一瞬、方向を見失ってしまい、かれはどちらに向かえばいいかわからない。噴火、稲妻、武器のエネルギー散乱効果で混乱したのだ。船と話しあって意見を調整する時間が必要だった。

レジナルド・ブルは心のおちつきを得ていた。以前なら、このような状況ではめずらしいことだったが。赤錆色の者たちの攻撃が自分の終わりを意味するかもしれないことを、意識の深いところで受け入れている。しかし、それでもあきらめない。セランの個体バリアはなにも調整しなくても、受ける攻撃を吸収した。まだ自分を守ることができる。さらに三機の乗り物が命中ビームの犠牲となった。自分が攻撃している生物がクローン工場で人工的につくられたことを思いだし、死にいたる暴力を使用することへのためらいは消えていた。

しかし、もうすこし生きたければ、助けが必要だ。

「おい、みんなどこにいるのだ？」ブルはヘルメット通信で声をかけた。「すこし力を貸してもらいたいのだが」

「もうだれもいません」ストロンカー・キーンの声がした。「全員、あっさり逃げてしまいました。あなたは方向を見失っている。セランのナビゲーションが調子悪いようですね。迎えにいきましょう」

「きみがすこし急いでくれれば、それも可能かもしれないな」ブルは辛辣《しんらつ》にいった。

「いったい、わたしはどのくらいの敵を相手にしているんだ？」

「ここから見ると、二座のカプセルがほぼ五十機です」キーンは答えた。「クレーターが爆発したときに、北からあらわれました。もともと、こちらの部隊すべてに狙いをつけていたんでしょう。いまはもうあなただけですが……」

レジナルド・ブルはののしりの言葉を歯のあいだでかみしめた。

「急いでくれ、ストロンカー」ブルはいった。「そんなに数が多ければ、わたしに勝ち目はない」

「いま行きます」ヘルメット受信機から声がした。

まばゆい稲妻が細かく枝分かれして、目の前の煙を貫いていった。放電がのこしたオゾン臭がわかるほど近い。雷鳴と火山性の爆発が背後に迫っていた。土の塊りと岩が、まるで弾丸のように音をたてて飛びすぎていく。もうもうたる煙のなかに炎のきらめきが見える。

恐ろしい混乱状態だが、有利な面もあった。いつのまにか煙のなかから姿をあらわした、抗体二名を乗せたグライダーが岩にぶつかって、戦闘を開始する前にスリップし、進路からはずれて消えたのだ。

「下へ」ブルはセランを急《せ》きたてた。「地面近くのほうが助かるチャンスがあるだろう」

すぐに自由落下の不快感に襲われた。胃が喉まであがってくるようだ。眼下に炎が見える。火山性の爆発で、乾燥した藪に火がついたのだ。

「着地場所に気をつけてくれ」ブルはマイクロコンピュータに警告した。

「申しわけありませんが、わたしにはこれ以上なにもできません」ロボット音声が答えた。「すぐには直せない損傷が発生しました」

「ああ、しかたないな」ブルは思わず膝をついた。グラヴォ・パックの不調で、湯気のたつ地面にかなり乱暴におろされたのだ。

危機的瞬間には、魂のないポジトロン装置が人間のパートナーのようになる。そんな考えが、ふと頭に浮かんだ。仲間あるいはともに戦う同志のように、自分はセランに話しかけていないか？　この防護服には本当に魂がないと、どうしていえる？　これは従来型セランのようにテラ製ではなく、ヴィールス物質なのだ。では、ヴィールスとはなんだろう？　有機的生命のようなものだ。この防護服の組織に同情あるいは情動のようなものがまったくないと、本当にいえるのか？

こんな考えが頭をよぎったのは、煙のなかで方向を見定めようとしているときだ。どのあたりに自分はいるのだろうか？　《エクスプローラー》からまだだいぶ遠いのか？　噴火の炎が煙を通してぼんやりと見える。稲光と悲鳴のような音もその強さを失っていた。爆発場所から安全な距離まできたということかもしれない。あるいは、爆発がしだいにおさまっただけなのか。雨粒は相いかわらず大きなしずくとなって降ってきて、熱い地面に当たり、音をたてて蒸発している。稲妻は絶え間なく光り、雷鳴が連続的に空気を震わせる。

敵がくるのが見えた。かれらは知っているのだ。ブルは地面近くにいるし、自分たちの乗り物では見通しがきかないので、なんの手出しもできないことを。だから、着陸して外に出てきていた。かくれ場からかくれ場へすばやく移動するのが見える。ブルは、相手がタフだと認めるしかない。おのれの身をいとわないのだ。猛烈に燃えている藪を跳びこえ、地面に着地している。その地面は、たとえぽつんとある岩の陰になっているとしても、目玉焼きが焼けるほど熱せられているのだが。

かれらはあらゆる方向からやってきた。ブルに逃れるチャンスはない。百五十名以上はいる。こちらがストロンカー・キーンに助けをもとめたときに、応援を呼んだにちがいない。ブルは下腕に多目的銃の重さを感じながら、パラライザー・モードに切り替えた。

ブルは銃撃をはじめた。命中した相手はその場で倒れて動かなくなる。しかし、慎重になったかれらは、あらゆるかくれ場を利用しつくし、近づいてくるたびにますます、ブルの銃撃は的をはずれるようになった。敵はつねにすばしこく、驚くほど粘り強い。ヘルメットの外側スピーカーのスイッチを入れて、叫んだ。トランスレーターが、すでに使いこなせるようになったクロレオン語に翻訳する。

「戦いは無意味だ。わたしは友としてやってきた。話しあおう」

受けた唯一の答えは、こちらの防御バリアをかすめた指二本ほどの太さのエネルギー・ビームだった。バリアが明滅する。敵の武器の射程は五十メートルたらずだが、このあいだに赤錆色の者たちは充分に近づいていたのだ。ブルは身をかくした。個体バリアが燃える地面の熱からきっと守ってくれる。

パラライザー・ビームはただ麻痺させるだけで殺さないと、敵もわかったようだ。ますます隊列が密になっている。次々に撃たれても、数名が数メートル先のかくれ場まで前進できれば、それでいいのだろう。ブルは上を見た。たちのぼる煙があまりに濃く、遠くは見えない。しかし、雷鳴が弱まると、二座の乗り物のかすかなエンジン音が聞こえるようになった。逃げ道はない。四方八方からとりかこまれたのだ。

攻撃は絶え間なかった。赤錆色たちは本気になっている。こちらを捕虜として捕まえる気はなく、殺すつもりだ。銃撃がかくれている岩に当たり、岩が熱くなりはじめた。ブルは数メートル引きさがる。すると、背後にひそんでいた抗体の一グループに見つかった。はげしくブラスターの発射音がして、数秒間、視界がさえぎられる。防御バリアにつつまれて炎の海のなかにいたからだ。

「どこかに逃げ道はあるか？」ブルはセランにたずねた。

「ひとつあります」答えが返ってきた。「待ってください……」

それ以上はなにも聞こえない。黒っぽい巨大なものが、もくもくと湧く煙を抜けて出てきた。甲高く突きぬけるようなうなりが聞こえ、岩が溶けてガス雲になる。赤錆色の姿の者たちが驚いて跳びあがり、大あわてで逃げだし、四散していく。ブルはからだをそらして、上を見た。地上二十メートルたらずのところに《エクスプローラー》がいる。

透明でかすかに光る船体が、煙の雲を分けていた。ブルに見えたのは、外殻のほんのわずか一部分だけだ。船は巨大だった。恒星光に満ちた高さから、雲をこえて、ブルを救出するために急降下してきたのだ。

ブルは起きあがった。敵の攻撃はやんでいる。雨さえもう降ってこない。《エクスプローラー》が傘になっているからだ。ハッチが開くのが見えた。

「あなたを迎えにきました」聞きおぼえのある声がいった。

ブルは次の瞬間、吸引フィールドにそっと引きあげられるのを感じた。ほっとして、煙をあげる地上をあとにし、明るい照明のひろいエアロックに入る。迎えにきていた者たちがまわりをとりかこみ、セランを脱ぐ手伝いをしてくれた。ブルは感謝の言葉をいったが、あとになると、なにを話したか細かいことはもうおぼえていなかった。意気消沈し、疲れていたのだ。どこかでからだを伸ばし、二十時間ぶっつづけで眠りたかった。

しかし、もよりの反重力シャフトに行くと、上の司令室に向かう。熱帯の花々の香りで満ちている公園のような場所を横切っていった。

司令室の扉は自然に開いた。不規則なかたちで照明の薄暗い部屋を、奇妙な静けさが支配している。《エクスプローラー》ホログラム映像は惑星表面の一部をうつしていた。レジナルド・ブルは《エクスプローラー》がこれまでの出来ごとがあった現場から時間のロスなく遠ざかったことを知った。その映像は、すくなくとも二十キロメートルの高さから見たものだ。

壁のように大きな雲に稲妻がはしっている。

ストロンカー・キーンがシートを一回転させて、真顔でいった。

「われわれ、大過なく切りぬけました。船内のすべての乗員がぶじです。なんの損失もありません」

「とんでもない」ブルはうなった。「人類の信頼を失った者がいるぞ。すくなくとも、この船のなかをほっつき歩いている一部の人類の」

ストロンカー・キーンは応えなかった。心配そうな表情だ。そこへ、薄暗がりからふたつの姿があらわれて、レジナルド・ブルのほうに近づいてきた。かれはそのふたりを疲れた目で見る。ここにいると思っていたのだ。それどころか、ふたりがなにをいうかもわかるような気がした。

「あなたの非難はお門《かど》違いです」コロフォン・バイタルギューが話をはじめた。

「このみじめな状態の責任はあなたにあります」ミランドラ・カインズが力をこめていった。まるで、自分が非難されて貧乏くじを引くのを恐れるみたいだ。「コロフォンとわたしは、数週間前から《エクスプローラー》に規律と規則を導入することを強くもとめていました」

「乗員たちが自制心を学ぶことも」コロフォン・バイタルギューは急いでつけくわえた。

「自制心なしに防御はできない。それはあなた自身がみずから体験したでしょう」

「あなたはかつては偉大な人でした」ミランドラはいった。「しかし、あなたの時代は過ぎさったのです。あなたはもはや指導者ではない。権威が欠けている。まったく未知の領域に進出し、まったく未知の文明と接触する組織をひきいることは、あなたにはできません」

レジナルド・ブルは両名をかわるがわる見た。

「なにがいいたいのだ？」ブルはたずねた。その声は不機嫌で、退屈そうだった。

「ここではだれもが秩序というものに配慮しなければなりません」ミランドラ・カインズは、コロフォン・バイタルギューに先をこされるのを恐れるかのように、あわてていった。「あなたはどうやらこの職務に適切ではないようですね。われわれを《エクスプローラー》の指揮官に任命してください」

「自由テラナー連盟の名において、という意味です」バイタルギューはつけくわえた。

「それにまつわるすべての権限とともに」

レジナルド・ブルは相いかわらず、疲れて生気がない印象だった。この場で状況の危険性を理解できている唯一の者は、ストロンカー・キーンのようだ。キーンがシートから立ちあがろうとする。しかし、ブルはそれを手で制した。そのしぐさは、だれの反論も許さないものだった。

「つまり、きみたちは指揮官になりたいわけか」ブルはいった。

「そうです」ミランドラ・カインズは答えた。

「そして、きみたちはわたしといっしょに下にいた。火山が爆発して、稲妻が光り、抗体たちが攻撃してきたときだ」

「それはそのとおりですが……」コロフォン・バイタルギューはいった。

「なのに、きみたちは自分たちを守るためにわたしを見殺しにした」レジナルド・ブルは相手の言葉をさえぎった。

「それはこちらの要求となんの関係もないでしょう」ミランドラ・カインズは甲高い声でいった。「わたしは……」

「いや、とんでもない。関係あるとも」ブルはきびしい口調でいって、自分を告発した者に二歩近づいた。「より多くの規律をもとめることの陰にかくれた意気地なしが《エクスプローラー》の指揮権をとろうというのか？」

ブルは順番に二名の顔をじっくり眺めた。

「力を見せてもらおうか」ブルはつぶやいた。「ふたりを一度に相手にはできない。疲れているんだ。きみたちのどちらが強いのか？　どちらに勝てば、より名誉なのだ？　ミランドラ、わたしはきみだと思う」

ミランドラ・カインズは武器を使わない護身術の使い手だ。格闘技では、レジナルド・ブルに勝ち目はないだろう。たしかにそうだが、ブルの攻撃は相手の意表を突いていた。こぶしがミランドラの左顎に当たる。話を聞いているあいだにブルの心にせきとめられていた怒りが勢いとなったパンチは、ミランドラをのけぞらせた。彼女は驚き、叫び声をあげて床に倒れる。だが、ブルの攻撃で大きなダメージを受けるほどひよわではない。一回転すると、肘でからだを支えた。周囲を見まわす彼女の視線は、当惑のあまり、きょとんとしている。ブルは思わず大笑いした。

コロフォン・バイタルギューは驚いて数歩うしろにさがっていた。目を大きく見ひらき、両手を大きく前に伸ばして、まるで攻撃者から身を守ろうとするようだ。ブルはかれにひと言も言葉を発することを許さず、向きを変えて、ミランドラ・カインズを殴った手をなでた。

「きみが信じるかどうかわからんが、気分がよくなったよ」ブルはにやりとして、ストロンカー・キーンにいった。「もし、ミランドラがまだばかなことをべらべらしゃべったら、どこかに閉じこめる。船を静止させて、わたしに二時間くれ。そうすれば、また体力が回復する」

ブルはキーンがうなずくのを見ていなかった。開いているハッチを抜けて、自分をすっかり失望させた惑星をあとにした。

3

器官メンディンは、いともかんたんに革命家の役割になじんでいる自分に気づいた。なにをするべきかわかっている。そして、なにが自分のあとを追っているかもはっきりわかっていた。

大きな洞窟を出た。乗り物を呼びよせていたのだが、家に帰る途中で、気が変わったとまたいつわって、そのカプセルを長距離移動のための停留所へ向かわせた。そこで中型の輸送グライダー一機を手に入れる。追跡者たちは、たった一名の逃亡者ならむしろ小型グライダーに乗るものと考えるはずだからだ。幸運が味方をし、中型を要求する理由は訊かれなかった。

離陸のための一緩衝地帯を割りあてられ、すぐに出発して数分後にエアロックを抜ける。これらすべてのことを、はっきりと目的を持ち自信と確信にあふれた態度でこなした。反乱者として長年の慣れた経験があるような行動だった。しかし、実際にはトランス状態で、機械的に行動していたのだ。システムの規則を破ることはあきれるほどかんたんだった。いちばん驚いたのは、ＩＤバッジの威力だ。輸送グライダーを手に入れるのは絶望的な行為であり、自分の無理な要求は拒否されて、すぐに制御システムに通報されるだろうと思っていた。それなのに、あっさりグライダーは提供された。まるで、中型グライダーで地表に出るのが、情報技術者の仕事には欠かせないことであるかのように。

最後に地表に出たときから、ずいぶん年月がたっていた。専門教育を受けたさいに山中で何日間かすごし、火山爆発、地震、隕石落下の恐怖を至近距離で体験させられたもの。地表の危険の恐ろしさを教える心理学訓練のひとつだったのだ。かれはその後、二度と地下の洞窟やホールをはなれることはないだろうと思った。技術者なら地下ですごせるからだ。地上世界を訪れたくなる理由など、あるはずはなかった。

器官メンディンはグライダーを山中に向かわせる。エアロックを抜けるときは、実際に恐怖を感じていた。心理学訓練は効果があったわけだ。しかし、森の多い大地は火山爆発で揺れたりしないし、恒星光は心地よく暖かく、落下する隕石が青い天空を引き裂くこともない。そんななかを進んでいけばいくほど、自分が条件づけされていたことをはっきりと感じた。不安になる理由などない。地表は、教えこまれていたよりもずっと平和なのだ。

追跡者たちがいるかと見まわした。いつか自分のうしろにあらわれるだろう。それはたしかだ。しかし、いまのところまだ安全だった。システムはすぐには反応しないはず。器官メンディンは自分がなにをすべきかわかっていた。異人とコンタクトをとらなければならないのだ……戦士のこぶしをつけてはいても、非常におだやかな話し方のあの異人と。異人に呼びかけることのできる場所を探さなければならない。だが、通信で呼びかければ、すぐに追跡者が嗅《か》ぎつけるだろう。

しかし、ほかに選択肢はない。心はとっくに決まっていた。最初、器官メンディンを駆りたてたのは、ただの反抗心だった。ここのシステムとはこれ以上うまくやっていけないと思った。自分が同意したおぼえもないのに運命が押しつけたことを、もう引き受けたくなかった。

だが、このあいだに逃げだすことだけが重要ではないと知った。なぜかわからないが、自主的に考えられる力を持つようになっていたのだ。この力を使わなければならない。なにに使うか、すぐに思いついた。自分の使命がはっきりと輪郭を持ってくる。戦士にまつわる恐ろしい伝説を打ち壊し、無意味な最後の闘争を阻止しなければならないのだ。戦士のこぶしをつけた異人を見つけなければ。

はるか南に大きな雷雲が見える。器官メンディンはせまい峡谷に入っていき、切り立った岩壁にかこまれた谷底に着陸した。ここなら見つかりにくいだろう。グライダーが着陸したとき、地面を通して伝わってくる弱い震動を感じた。地震計測装置を作動させると、八十キロメートル先で中規模の噴火が起こっているとわかる。安心して装置のスイッチを切った。そのことを気にかける必要はない。

グライダーは原料輸送用に整備されていた。ときには脳細胞タイプを運んだのかもしれない。いずれにしても、原始的な機械装置しかついていなく、ハイパーエネルギーで作動する送信機はない。それでも不安はなかった。かわりに、自分の実験室で補充交換部品から組み立てた箱形装置を持ってきていたからだ。探知装置があれば、どこに異人の船がいるかわかるので助かったかもしれない。しかし、原料輸送機に探知技術は必要ないのだ。倹約家の設計者は必要不可欠なもの以外は装備しなかった。

器官メンディンは箱形装置をこのグライダーのエネルギーで作動させるため、しばらく時間を費《つい》やした。まず変換メカニズムを動かし、発信機に必要な最小限のハイパーエネルギーをつくりだす。急いでいたので、装置をいろいろと検査する時間はない。ちいさな制御ランプが次々と光り、従来型出力からハイパーエネルギー出力への変換が問題なくおこなわれたとわかったときは、うれしかった。

異人になにをどう話すか、まだ考えていなかった。戦士のこぶしをつけていた者が使った周波を慎重に探すあいだ、いくつかの言葉をしかるべく準備する。器官メンディンのメッセージはシンプルだった。それは以下のとおりだ。

「平和の力を信じるひとりの者から、戦士のこぶしをつけた異人へ。最後の闘争は避けがたいものではない。戦いの苦しみは未然に防ぐことができる。話しあいが必要だ。そちらと連絡がとれる場所を教えてくれ。急いでほしい。まもなくわたしは追跡者に見つかってしまうだろう。わたしは器官メンディンと呼ばれている」

最後のひと言はとっさの思いつきでつけくわえた。そもそもは偽名を使おうと考えていたのだ。いわゆるニックネームで、〝平和の守護者〟や〝幸福の番人〟などという大げさな呼び方も考えていた。しかし、そうしたってどうにもならないことが、はっきりとわかった。どのような名前を使っても同じだ。脳アリニが裏切り者を追跡するチームを集めていれば、だれのことかすぐにわかる。ニックネームはなんの助けにもならない。

このメッセージを三回、送信した。もう、かくれ場をはなれなければならない。送信と受信の機能を同時にはたす小箱のスイッチは入れたままにした。これからどうなるかわからない。異人はすぐに応答するだろうか、それとも、メッセージを分析し、その意味を考える時間をおくか……

器官メンディンは目立たない速度でクラウンの最高峰をこえ、なにかがあらわれないかと必死で見張る。探知装置がないので、追ってくる者を目視で発見しなければならない。向こうが追跡を開始したらどうすればいいか、まったくわからなかった。こちらは武器を持っていないのだ。どこかに身をかくすことが最良の策だろう。

南では相いかわらずはげしい嵐が荒れ狂っていた。重たげな鉛色の雲を通して、さっき地震計が感知した噴火の炎が光っている。黒い煙が惑星の内部から流れでて、嵐を告げる雲とまじっていた。かくれ場として悪くないかもしれないと、器官メンディンは考えた。長くはいられないだろうが、数時間なら、煙と雷雲がきっと守ってくれる。自分のような器官細胞タイプが、よりにもよって自然の猛威が荒れ狂っているところにもぐりこんだとは、だれも考えないだろう。結局のところ、地上世界の危険に対する恐れを刷りこむための心理学訓練を受けているのだから。

グライダーを南に向けた。ときおり箱形装置を使い、追跡者が自分のことを話していないか、惑星の通信の多くのチャンネルをくまなく探した。心配するようなことは聞こえてこない。しかし、だからといって安心はできない。すくなくとも最初のうちは、脳アリニは追跡をあちこち触れまわったりしないだろう。捜索状況をおおっぴらにしたくないだけではない。情報技術者が裏切って逃げだしたことは、けっしてかれの自慢にはならないのだ。つまり、あの脳細胞タイプにとって、まずは逃亡者を完全に秘密裡《り》に捜索しなければならない理由がふたつあるということ。この不祥事を意識の三人組に対してずっと秘密にしておけるなどとは思っていないだろうが、脳ドルーネネン、脳ハーディニン、脳ヴルネネンが知る前に裏切り者を逮捕するか、すくなくとも追いつめることをめざしているのだ。

器官メンディンが本当に心配なのはべつのことだった。異人へ三回つづけてメッセージを送ってから、すでに一時間が過ぎているのに、まだ応答がない。自分がおかした危険はむだだったのか？　もう一度、送信するべきなのか？　そうすれば、追跡者をますますおびきよせる手がかりになる。通信信号ですぐに場所を特定されるだろう。

器官メンディンは待つことにした。まずはかくれ場が必要だ。そうすれば、せっせと通信を傍受し、これからの行動を決めることができる。東から嵐前線にもぐりこみ、高所にある岩がちの山峡に着陸した。動きの鈍い輸送グライダーのまわりで稲妻が光る。

グライダーの装置のスイッチを次々に切った。探知されるようなインパルスを出さないためだ。すると、箱形装置からなにか聞こえた。異人の声だ。聞き慣れない響きだ。器官メンディンは思いだした。明らかにポジトロン性トランスレーターの声だが、もともとの話し手の声をまねようとしている。異人の声はクロレオン人よりも低い。かれはひどく緊張して耳をかたむけた。

「戦士のこぶしをつけた者から、平和を愛する者、器官メンディンへ。われわれは話をしなければならない。どこにいるのか教えてくれ」

器官メンディンの目が輝いた。連絡がついて、異人が応えてくれたのだ。箱形装置の横にあるボタンを押す。ちいさな装置は数秒間、方位測定信号を発した。戦士のこぶしをつけた者が、反逆者のクロレオン人を見つけるのに使うだろう。

＊

「報告がふたつあります」ストロンカー・キーンはさりげなくいった。レジナルド・ブルがゆっくり休んで二時間後に司令室にもどってきたときだ。「ひとつは、ドラン・メインスターとアギド・ヴェンドルが複合体での指揮権をわがものにしようとしたこと」

「ミランドラ・カインズとコロフォン・バイタルギューがここ《エクスプローラー》でやったようにか」ブルは唖然とした。

「まさにそのとおり」キーンは認めた。「ただ、ミランドラとコロフォンから聞けなかったことを、メインスターとヴェンドルがいくらか話しました」

「おや……というと？」

「あなたがずっと前から気づいていたことですよ。かれらはハンザ・スペシャリストでした。ホーマー・アダムスに指示されて、船内に忍びこんでいたんです」

「ホーマーめ、いまに首根っこをつかんでやる」レジナルド・ブルはうなった。

「かれの首がいつかまた手のとどくところにきたら、どうぞやってください」ストロンカー・キーンはなだめた。「ちなみに、メインスターと仲間三人が本当にアダムスの指示にしたがっているのかは、疑わしいと思います。ホーマーのことはご存じでしょう。かれは癖の強い男ですが、その計画は例外なく公共の利益をめざすものです」

ブルはうなずいた。

「いいだろう、そこまではそのとおりだと認めよう。で、メインスターとヴェンドルの通告に、複合体の乗員はどのように反応したんだ？」

「どれくらいの者がかれらのいうことに耳を貸したかは、まだはっきりしていません」ストロンカー・キーンは答え、にやりとして、「ヴィーロ宙航士たちのことはご存じでしょう。連中には規律がないし、権威への盲信など皆無《かいむ》ですよ。その特徴的なものがラヴォリーの答えだと思います」

「どんな答えなんだ？」

「ラヴォリーはふたりのいばり屋にはっきりいいました。あなたたちが何者になろうとかまわない。しかし、たったひとつの指示を受けるにしても、ブルの助言を聞いてからにする、と」

こんどはブルがにやりとする番だった。

「そういうのをかつてはクールといったんだ。違うか？」ブルはいった。そして、すぐに真顔になった。「ミランドラのことでなにか聞いているか？」

「あなたのパンチをいかに克服したか、ですか？　彼女はなんともありませんよ。あなたをけっして恨んでなんかいない。あのパンチは、あなたから男性優位主義が完全に消えたことの証明かもしれないといっていました。わたしから見ると、ミランドラはあなたにノックアウトされたことを誇りに思っているようです」

レジナルド・ブルは信じられないというようにかぶりを振って、ゆっくりとシートに腰をおろした。

「報告がふたつあるといったが」と、ストロンカー・キーンに思いださせる。

「ああ、そうでした。あなたにメッセージがとどいています」キーンは視線をあげた。

「それを見せてくれ、ヴィー」

〝ヴィー〟とはキーンやラヴォリーが船に対して使う愛称だ。なにもないところからヴィデオ・スクリーンがあらわれ、画面に文字が浮かびあがった。

「平和の力を信じるひとりの者から、戦士のこぶしをつけた異人へ。最後の闘争は避けがたいものではない……」レジナルド・ブルはメッセージを最後まで読むと、興奮してたずねた。「これは、いつきたんだ？」

「ほぼ一時間前です」ストロンカー・キーンはおちついて答えた。

「で、だれもわたしを起こしてくれなかったのか？」

「あなたにはなによりも休養が必要でした」キーンはブルをなだめた。「この相手は外で待てるでしょうし、なにより、メッセージがほんものかどうか確認できなかったので。罠かもしれません。わたし個人としては、信じていいのではないかと思いますが。罠にしてはいささか不器用だし、追跡者を恐れて行動している。かなり動きの鈍いグライダーを使っていて、あなたが二時間前に捕まった嵐前線に突っこんでいきました」

「船よ」ブルは呼びかけた。

「ヴィーのほうがいいです」《エクスプローラー》は答えた。

「わたしもそのうち、その呼び方に慣れるだろう」ブルの反応はつっけんどんだ。「まず、わたしと連絡をとろうとしている異人と話したい」

「どうぞ」船はいった。「かれの周波はわかっています」

「戦士のこぶしをつけた者から、平和を愛する者、器官メンディンへ」レジナルド・ブルはいった。「われわれは話をしなければならない。どこにいるのか教えてくれ」

最後の言葉を口にするかしないうちに、ストロンカー・キーンの非難をこめた視線に気づいた。

「なにかまずいか？」ブルは短くたずねた。

「どうやって向こうから連絡してくると？」それがキーンの答えだった。「かれは一匹狼で、反逆者だと思います。だから追われているのでしょう。もし、かれがこちらに信号を発したら……おっと、もう遅い。ほら、そこに」

ブルはうろたえて二次元ディスプレイを見た。方位測定信号が急に上昇し、誤解しようのないピークを描いている。

「ばかなことをした」かれはうなった。「わたしの責任だ。船よ、方位は測定できているか？」

「一メートルと違《たが》えずに」答えがきた。

ブルはメンターのほうを向いた。

「わたしひとりで相手をする。搭載艇一機を使う。こちらに注意していてほしい」

ストロンカー・キーンは手をあげて、了解の意をしめした。

「われわれ、あなたから目をはなしませんよ」

「〝われわれ〟ということは、わたしもそのプロジェクトにふくまれるのですね」船はいった。

「ほかはいらない」レジナルド・ブルがにやりと笑った。「きみはわたしの守り神だ」

「それ以上の言葉はもとめません」《エクスプローラー》はいった。

＊

嵐がしだいにおさまっていくあいだ、器官メンディンは準備をした。グライダーのなかには長くはとどまれないだろう。この機はすぐに見つかる。ひとりで山中にいたほうが安全だ。異人の到着を見逃さないためには、この近くにいなければならない。なぜかわからないが、かれはその異人に強い信頼をいだいていた。自分が異人の仲間のところに行けば、脳アリニの追っ手たちをもう恐れる必要はないと思っていたのだ。

しかし、このあいだにべつの考えが浮かんだ。一情報技術者がなぜ反逆者になったのか、脳アリニに説明することはもうできないだろう。だが、せめて説明を試みるべきではないか。あの脳細胞タイプに対して、それくらいのことはさせてもらおう。過去の数年間、脳アリニはたしかに妥協がないが、ある意味、公平な上司だった……組織の規則の範囲内だったとはいえ。

器官メンディンは周囲を見まわして、グライダーの古めかしい機器のなかに録音装置を見つけた。昔、輸送グライダーのパイロットが仕事の進捗《しんちょく》状況を記録しておくのに使ったのだろう。わずかな記憶容量しかないので、短い言葉ですませなければならない。気をつけてメッセージの文章をまとめた。それから、かれは話しはじめた。

「器官メンディンから脳アリニへ、そして、わたしの話を聞きたいと思うすべての者へ。われわれ種族にとって、戦士の復讐の伝説は危険なものだ。伝説はわれわれの分別を失わせ、最後の闘争へのそなえがたったひとつの存在目的であるかのように信じこませてしまう。わたしは職務を放棄した。排斥され、追放された者となった。なぜなら、伝説が虚偽であると確信しているからだ。最後の闘争は逃れられない運命ではない。それがクロレオン人にもたらすひどい苦しみは、避けられる。あたえられた兆《きざ》しを見よ。異人がひとり、われわれの惑星に着陸した。かれは戦士のこぶしをつけているが、戦士とは関わりがないし、最後の闘争などお断りだといっている。

異人のいうことが正しいとしたら、それがなにを意味するか、すこしだけでいいから考えてほしい！　すこしの時間でいいから、まずは異人の疑問を受けとめ、かれと話をするのだ。それをしたくないなら、せめて考えてくれ。史料保管庫を開くまで、戦いをはじめてはならない。五千年前、戦士が最初に訪れた直後に書かれたという情報が保管庫にあることを、みな知っているはずだ。はるか昔、戦士の最初の訪問のあとの出来ごとの記憶……その記憶はわれわれの種族から失われた。当時なにが起きたか、もはやわれわれは知らない。保管庫には、戦士が何者であるか、それを理解するのに必要なすべての情報がふくまれている。

以上のことを、クロレオンの種族の名においてお願いする。クロレオン人には、ほかの種族同様に、平和のもとで自分たちの考えにしたがって生きていくことがふさわしい。史料保管庫を開く前に戦いをはじめるな。古い記録が伝えることを種族が知ったなら、きっと最後の闘争は起こらないと、わたしは確信している。

脳ドルーネネン、脳ハーディニン、脳ヴルネネン。あなたたちが幸運にもこの言葉に耳を貸すことができたなら、心にとどめてほしい。わたしは裏切り者呼ばわりされてもかまわない。しかし、わたしが嘘いつわりのない善良な意図で行動していることは認めてほしい」

器官メンディンは話し終えた。だが、録音内容を再生してみると、最後の〝しかし、わたしが……〟以降は切れている。あきらめて、装置を留め具からはずし、抗体がグライダーに押し入ったならすぐに見つけるであろう場所に置いた。抗体はそれを脳アリニにとどけるにちがいない。とはいえ、意識の三人組が自分の言葉を聞くかどうかは疑わしいが……

グライダーをはなれたときは、まだすこし雨が降っていた。それはもう何年も感じたことのない奇妙な感覚だった。地下洞窟では雨は降らない。しかし、訓練のために地上世界に送られたときのことを思いだし、不思議な思いで雨のなかに立った。大きな光る粒が頭に、手に、からだに当たっても、濡れるままになっていた。

新鮮で湿った大気のにおいを楽しんだ。近くでの噴火の煙がほんのすこしまじっていて、人間には毒になるかもしれない空気成分だが、器官メンディンにはなんともない。クロレオン人の呼吸器はそれらを分離して無害化し、ふたたび排出するのだ。

峡谷の南の岩壁を登るのはかなり大変だった。岩登りの経験がほとんどないからだ。山の背まで登りたい。そこからなら、もっとあたりがよく見わたせるだろう。しかし、途中でひどく疲れて動けなくなった。雲はまばらになり、恒星がのぞいて、心地よい暖かさをひろげている。惑星の住人たちは地下深いところへ身をかくしているが。器官メンディンは背の高い藪の陰にかくれた。そこから峡谷の底を見おろせる。異人がきたら、かならず気づくだろう。

しかし、かれが最初に見つけたのは異人ではなかった。二座の乗り物が数機、峡谷の北のはずれをこえ、谷底へ向かって急降下してくる。かれのグライダーのまわりに着陸し、乗員が降りてきて散開するのが見えた。赤銹色の制服だ。器官メンディンという病気の細胞を除去するために、脳アリニが抗体を送ったのだ。十名の赤銹色が輸送グライダーに侵入している。重火器を持っているが、大騒ぎはしていない。グライダーのなかにいる者が武器を持っていないことをよく知っているのだ。

器官メンディンは藪をさらに奥に入って、身をかくした。ひとりぼっちで、見捨てられたような気がする。異人よ、きてくれ。必死で祈った。

＊

「かれのグライダーと、ほかにもかなりの数の乗り物が見えます」搭載艇はいった。「本人の姿はなく、ほかの者たちがグライダーに乗りこもうとしています」

レジナルド・ブルは腹だたしげにうなずいた。

「思ったとおりだ。追跡者が手がかりをつかんだのだろう。本人のシュプールは？」

「ありません」搭載艇は答えた。

ホログラムがあらわれて、搭載艇が向かっている谷底の状況をうつしだす。ブルは抗体が乗る二座の乗り物を見つけた。みずからの苦い経験で知ることになった、大きく不格好なカプセルは、岩壁のあいだにとまっている。

「一刻もむだにするな」ブルはいった。「かれらを追いはらわなければならない。できるだけ暴力的なことはしないが、危険な状況になったら思いだせ。われわれを望まない戦いに引きこもうとしている相手は、人工物なのだと」

「了解しました」搭載艇は答えた。それが搭載艇でなく《エクスプローラー》の声だということは、ブルにはよくわかっていた。搭載艇は母船と直接やりとりをしている。搭載艇が知りえたことのすべては《エクスプローラー》に転送され、そこで評価判断されるのだ。

搭載艇は峡谷の北端の山の背をこえて急降下した。あたりはかすかに靄《もや》がかかっている。そのせいで、麻痺砲の青白いビームがくっきりと見えた。赤錆色の制服に身をつつんでグライダーに群がっている抗体は、搭載艇の接近に気づかなかったらしく、仲間の一列めが倒れて動かなくなったときにはじめて目をあげた。異人が使う恐ろしい武器については、クロレオン人たちのあいだでも話題になっていたようだ。赤錆色の者たちの大型兵器がそれぞれ火を噴くが、搭載艇の防御バリアは揺らめきもしない。抗体たちのなかでパニックが起こった。逃げようとするが、乗り物に行きつく前にパラライザーの作用が襲ってくる。麻痺ビームは大きめのグライダーの外殻を突きぬけた。開いている昇降ハッチのところに赤錆色の者数名があらわれ、よろめいてそのまま地面に倒れた。

器官メンディンを探さなければならないだろうと、レジナルド・ブルは思った。きっと、ほかの者同様にパラライザー攻撃で倒れたのは疑いない。見つけるのはかんたんだ。ひとりだけ抗体の制服を身につけていない。すくなくとも、ブルはそう思った。

搭載艇が着陸したとき、峡谷の底は不気味なほどしずかだった。山の稜線をわたるさわやかな風の音さえ、下ではもはや聞こえない。わずかな植生と石ころのあいだに、抗体数十名の動かない姿が散らばっていた。しかし、レジナルド・ブルは不必要な危険はおかさない。ハッチを抜けて外に足を踏みだすときも、大型のコンビ銃を腕にかかえ、セランのフィールド・バリアを作動させていた。

例のクロレオン人のグライダーに近づいた。ハッチからなかをのぞきこみ、探している相手、器官メンディンの名前を呼ぶ。その声は、クロレオン語のアクセントをそなえたトランスレーターを介していた。答えが返ってくるとは期待していなかった。もし、器官メンディンが近くにいるとしても、同胞たちと同様に意識を失っているだろう。

だから、セランの外側スピーカーがすぐそばの声を伝えたとき、本当に驚いた。その声をトランスレーターは自動的に翻訳した。

「あなたが探しているのはわたし、器官メンディンです」

＊

レジナルド・ブルは驚いた。遺伝子操作技術による再生産がいかに多様なかたちを生じさせるか、はじめて知ったのだ。目の前の岩壁をおりてくる生物は、ずんぐりとして背が低くがっちりした抗体の姿とはまったく違う。すらりと背が高く、テラナーよりも頭ひとつぶん大きかった。布を重ねて組みあわせたような薄青色の制服を着用している。その動きはしずかでなめらかだ。レジナルド・ブルがこれまでに関わった抗体タイプのクロレオン人のようにぎくしゃくした感じではない。

器官メンディンは岩壁の下までくると、とまった。右手をあげて、平和を好む者の表現とすぐわかるしぐさをした。レジナルド・ブルも同じようにして、同時にコンビ銃をおろす。

「会えてうれしい」ブルはいった。トランスレーターは言葉どおりに訳した。

「わたしもです」クロレオン人は答えた。「あまり話す時間がありません。脳アリニはここで起こったことをすぐに知り、戦力を増強して攻撃してくるでしょう」

「脳アリニとは何者で、きみになにをしたのか、話してほしい」レジナルド・ブルはいった。

ブルはヘルメットを開いた。外側マイクロフォンを通してこのクロレオン人と会話しなければならないのが、ばかばかしくなったからだ。音を通す呼吸フィルターで、口と鼻をおおった。これで大気の有毒なガス混入物は除去できる。

「話しましょう」器官メンディンは提案した。「脳アリニはわたしの上司です。かれは脳細胞タイプで……」

レジナルド・ブルは、この出会いにもっと違った計画をしていた。峡谷は危険だ。一時間か二時間で意識をとりもどす数十名の抗体がいるからだ。器官メンディンを自分の搭載艇に連れていって、じゃまされずに話すつもりだった。しかし、あきれるほどたくさんの目を持つ半球形頭部の付け根にあるスリットロが動き、まるで話が中断されるのを恐れるみたいに言葉が吐きだされるのを見て、ブルは自分の計画を実行しようという気を捨てた。器官メンディンに話をさせ、注意深く耳をかたむける。セランのヘルメット内の録音装置がクロレオン人のいうことをすべて記録した。

語られたことの多くはすでに知っていた。五千年前に起こったカタストロフィについては、《エクスプローラー》がこの惑星で数多くかわされている通信から取得した以上のものではない。その内容はこうだ。

五千年前、カルマーと名乗る戦士が惑星にやってきた。大きな軍隊を引き連れて、クロレオン人に無条件降伏を迫ったという。当時すでにかなりの数の植民惑星を持ち、星間帝国の支配者であったクロレオン人は、その要求にしたがうことを拒絶した。結果として、戦士はクロレオンの星系の外惑星五つを破壊し、五千年後にふたたび最後の闘争を挑みにもどってくると脅したのだ。

クロレオン人はこの脅迫を真剣に受けとめ、武装をはじめた。それだけではない。戦士カルマーとの最後の闘争に勝つことを唯一の目的とする、新しい社会をつくったのだ。かれらは以前から遺伝素質要素、すなわち遺伝子を操作することをとっくに習得していたので、この知識を利用して、新しい社会のかたちに合う生物をつくることにした。この時点から、どのクロレオン人も国が定める機能にぴったりと適合しなければならなくなる。機能の数はそれほど多くはなかった。

クロレオン人は自分たちの新しい社会を、自然界が生みだすからだになぞらえてつくった。個々のクロレオン人がひとつの細胞の役割をはたし、社会は全体として〝肉体〟と呼ばれる。ヒエラルキーのなかでもっとも高位にあるのは脳細胞だ。複雑な選択プロセスをへて、すべての脳細胞タイプのなかでもっとも知性ある者として選ばれた三名が〝意識〟を形成した。それが絶対的な権力を持つ三人組だ。ほかの脳細胞は行政上の職務をはたし、その下に器官細胞と神経細胞がおかれた。器官細胞タイプは、もっとも一般的な意味でいう労働者の機能をはたす。地表に出て鉱石を掘る採掘者から、技術者、科学者、医師にいたるまですべてだ。これに対して、神経細胞は一種の警察官だった。肉体のさまざまな機能を監視して、異常を確認すると、上司である脳細胞タイプに報告する。

抗体は特別な地位を占めていた。神経細胞の報告した異常がひろがらないようにするため、それらを除去するのだ。肉体の全細胞は〝母〟と呼ばれるクローン工場で製造されるが、これに対して抗体は特別な施設で生産される。かれらは脳細胞の直接の指揮下にあるわけではないが、その指示を受けており、服従を拒んだことはこれまでにない。抗体はどうやら、最後の闘争のための戦士としても、あらかじめ計画されていたらしい。五千年の期限が近づいてくると、秘密の施設でますます多くの抗体がつくられるようになったからだ。

五千年前に戦士カルマーが引き起こしたカタストロフィの結果、クロレオン人たちは惑星の地下に引きこもった。そうすることで、外惑星五つの破片に起因する絶え間ない隕石の墜落から逃れたのだ。そのほかに、自分たちが戦士カルマーから監視されていると思いこんでいたので、地下のほうがより秘密裡に最後の闘争への準備ができると考えたこともある。大都市はどれも惑星地下にあった。〝母〟という名前のクローン工場や、抗体がつくられる施設も同じだ。

クロレオン人の文明世界は、クラウンと呼ばれる北極山脈の地下一帯に集中していた。大きな北大陸のほかの地殻の下にも、南の海に浮かぶ島にある樹木でおおわれた山の麓にも、やはり集落はある。しかし、クロレオン人の文明社会の中心はクラウンの尾根の下だと器官メンディンはいう。意識の三人組の中枢である政府庁舎もどこかその近くにあるが、正確な場所はわからないらしい。しかし、かれは異人のすぐれた技術に大きな信頼をよせており、それがあれば最高位の脳細胞タイプ三名の秘密の司令本部を見つけるのはかんたんだと、確信しているようだ。

「あなたが三名を説得してください」器官メンディンはレジナルド・ブルにいった。「名前は脳ドルーネネン、脳ハーディニン、脳ヴルネネンです。カタストロフィを防ぐことができるのは、あなたが戦士ではなく、その使者でもないことをかれらに証明できたときだけです」器官メンディンの数多くの目は、あきらめたように悲しそうだ。暗い声でつけくわえる。「でも、それはかんたんではないでしょう。カルマーの帰還は信仰のようにしっかりと根づいていますから」

「きみがわたしに語ったことの多くは曖昧《あいまい》で支離滅裂に聞こえる」テラナーはいった。「それは世代から世代へ口伝えのようだ。意識の三人組を説得するには、五千年前に起こったことを正確に知らなければならない。クロレオン人は高度文明種族だろう。きみたちの歴史が口伝えや伝説だけからできているわけはない。データがあるはずだ、正確な記録が。それはどこにある？　背景を知らなければ、意識の三人組がわたしの説得に耳をかたむけるのを望むのは無理だ」

器官メンディンの表情を読むのはむずかしいが、その異質な顔に確信めいたものが浮かんだようだった。かれは、熱心にはっきりといった。

「あなたの考えはわたしと同じです。わたしは脳アリニにメッセージを送り、そのなかで提案しました。史料保管庫を開いて、戦士カルマーがあらわれたとき実際になにが起こったかわかるまで、最後の闘争の準備にとりかかるべきではないと」

「史料保管庫？」ブルは驚いた。「どこにその保管庫はあるのだ？」

「意識の三人組以外はだれも知りません」器官メンディンは答えた。「最後の闘争の日に公開され、そこにあるすべてが明かされることになっています」

「それでは遅すぎるじゃないか！」ブルは腹をたてて吐きだすようにいった。

「それがわれわれ種族のジレンマです」クロレオン人はいった。「あらゆることが、最後の闘争を避けられないようになっている。異人よ、あなたにわれわれの力になってくれとたのむことがいかにむずかしいかはわかっています。この惑星で権力を握っている者たちの危険と敵意をすべてあなたに向けることになるのだから」

テラナーは手を振って否定し、悲しそうな表情をした。自分とヴィーロ宙航士たちがここにきたのは、冒険を体験するため、宇宙の奇蹟を見るためだ。恒星間の紛争に介入して、未知種族の集団自殺を回避させるなどというのは、もともとの計画にはなかった。しかし、この状況でほかにどう反応ができただろうか？　せめて、クロレオン人たちをその終末論的狂気から救う試みをしなければならない。そのとき、あることを思いだした。器官メンディンが話のはじめにいっていたことだ。

「かつてクロレオン人の星間帝国があったといったな。それらの植民惑星はどうなったのか？　最後の闘争で故郷惑星の味方をしてくれるのか？」

「それも、だれもわかりません」クロレオン人は答えた。「たぶん三人組でさえも。エネルギー・バリアがこの惑星をとりまいて以来、直接コンタクトはもうできないんです。われわれのところに着陸はできても、二度とはなれられないことを、植民者たちは知っています。以前は通信連絡があったが、もうそのようなものもとだえました」

レジナルド・ブルはうなずいて考えこんだ。

「もうひとつ教えてくれ」ブルは情報技術者にいった。「種族の未来を心配する者はきみのほかにだれもいないのか？　なぜきみは、同胞たちのように戦士伝説の呪縛に囚われていないのだ？」

「わたしもそのことを考え、答えがわかった気がしています」器官メンディンはいって、身につけている制服の布を一枚わきによけ、二カ所の変色した肌をテラナーに見せた。それらはさらに大きくなり、すでにてのひらぐらいになっている。「〝母〟がわたしをつくったとき、どこか障害があったにちがいない。わたしは突然変異したんです。肌の変色は、遺伝素質に予定外の変化が起きたことの肉体的影響をあらわしています。精神的影響もあったのでしょう。わたしは自主的に考えることができるようになりました。ほかの器官細胞タイプや神経細胞タイプは、だれもそれができません。抗体はいうまでもなく……」かれは、からだの中央から伸びる吻を使い、どうしていいかわからないような不安げなしぐさをした。「ただ、それはわたしが考えたことです。たしかなことは自分でも知らないし、知る方法もありません。しかし、脳アリニにとってわたしは設計ミスなので、抗体がわたしを捕らえれば、消させるでしょう」

テラナーはすぐには答えなかった。しばらく黙って考えこんでいる。と、クロレオンの問題にどうとりくむかという計画の概要が、頭のなかでかたちになってきた。最大の問題は時間がないことだ。器官メンディンの話によれば、史料保管庫が開かれて最後の闘争がはじまる日はすぐそこまできている。

「きみはここにいてはいけない」ブルはしばらくしていった。「かれらはきみをすぐに見つけるだろう。わたしといっしょにくるんだ」

器官メンディンが答える前に、搭載艇の声がした。

「警告！　急いでください。周辺のあちこちでクロレオン人が大部隊と装置を地表に送りだしはじめました。大規模攻撃がすぐにはじまります」

4

この危険な瞬間に、レジナルド・ブルはみずからを証明してみせた。ふだんはほかの者に対し、無責任でただ冒険にだけ興味のあるヴィーロ宙航士であるようなふりをしてみせているだけだ。かれはただちに、実行できる選択肢を比較検討して決断した。その決断は、すぐに連絡を受けたストロンカー・キーンが耳を疑うようなものだった。

「頭がおかしくなったのですか」それがキーンのとっさの反応だった。

「船に訊いてみろ、わたしが正しいというだろう」キーンの失礼な言葉を気にもとめずに、ブルは答えた。「搭載艇はかれらの注意を引くはず。器官メンディンとわたしが乗っていたら、われわれは防衛せざるをえず、《エクスプローラー》も介入するしかない。すると戦闘になり、もしかしたら、われわれは負けるかもしれない。考えてもみてくれ。目下われわれが相対しているものは、最後の闘争ではないんだ。それははっきりしている。クロレオン人たちが探しているのは、なんとしても除去したい病気の細胞である器官メンディンと、くりかえし真っ向から衝突してくる短髪のテラナーだ」

「あなたは搭載艇を犠牲にするつもりなのですね」キーンは驚いた。

「そうだ。器官メンディンとわたしをかたづけたと、向こうに思わせる。そうしたら、もうかれらに悩まされることはない……最後の闘争までは」

「わたしもその分析に同意見です」《エクスプローラー》が、いつもと違ってかたくるしく事務的に告げた。

「なんてことだ」ストロンカー・キーンはうなった。「そのあいだ、あなたたち二名は藪のなかにもぐりこんでいると？」

「そう考えている」ブルは答えた。「もしかしたら、そのあいだになにかできるかもしれない。わたしが器官メンディンから聞いた情報の要約を搭載艇から持ってこよう」

「艇が撃墜される前にやらないと」キーンは皮肉をこめて答えた。

レジナルド・ブルはそれには応じなかった。

「ほかにもすることがある」ブルはつづけた。「わたしといっしょに北極地帯に行かなかった連中は退屈で眠くなっているだろう。目をさましてやりたい。山のほうで全セグメントが必要だ。やり方はきみが……」

「それはまかせてください」キーンはブルの言葉をさえぎった。「そのことについてヴィーと話しあいました。わたしは首席メンターですから、のこっている二十三セグメントはそのまま動かせます。かれらが行くといおうというまいと、文句をいわせず連れていきますよ。複合体のほかのセグメントはどうします？　自分たちも助けに向かったほうがいいかと、ラヴォリーが訊いていますが」

「いや、それはだめだ」ブルは強い調子で答えた。「わたしはクラウンの領域でこちらの力を見せてやりたいだけで、侵略するのではない。のこりは周回軌道にとどまるようにいってくれ」

「了解しました」承認がきた。「つねに連絡をとってくださいよ」

「人をおろか者みたいにいうな」レジナルド・ブルはぶつくさいうと、計画の実行にとりかかる。器官メンディンにいった。「ここにいて、待っていてくれ。わたしはまだかたづけなければならないことがある」

レジナルド・ブルは搭載艇内に入り、ストーカーのパーミットを手にとった。《エクスプローラー》から出発する直前に持ってきていたのだ。用心のために、その鋼の手袋を装着はせず、セランの大きなポケットにかくした。艇をはなれる前、こういった。

「こんなことは、できればしたくない。だが、目下わたしにはほかに選択肢がない」

「わかっています」搭載艇はいった。「気にすることはありません。ヴィールスは死なない。艇が破壊されたとしても、わがヴィールス物質は生きのこるのです」

外では器官メンディンが、テラナーの迅速かつ入念な準備を驚いて見ている。かれはこのあいだに、自分のちいさなトランシーバーがセランのヘルメットと問題なく交信できることを確認していた。これでブルはうっとうしい呼吸フィルターをとって、ヘルメットを閉じることができる。それからブルは器官メンディンに、どの位置にいればグラヴォ・パックの人工重力フィールドの範囲に充分に入るかを説明した。器官メンディンはテラナーのうしろに立って、その肩に手を置いた。ブルはグラヴォ・パックを作動させて、クロレオン人をこの移動方法に慣れさせるために、すこし動いてみた。

器官メンディンはとてもうまく動くことができた。異人の技術になんの不安もいだいていないようだ。このあいだにブルは自分の計画を説明し、器官メンディンはそれに対して異議を唱えなかった。

「搭載艇、出発しろ」ブルは最後にいった。「達者でな」

まるで友への言葉のようだった。搭載艇は指示どおり峡谷の底から浮上して、山岳地帯に向けて飛行し、数秒後に視界から消えた。レジナルド・ブルは周囲を見まわした。器官メンディンが乗ってきた不格好なグライダーがまだある。そこに抗体の動かない姿が横たわっていて、二座の乗り物が周囲のあちこちにあった。

「こんどはわれわれが出発する番だ」ブルはいった。

クロレオン人はさっき練習したときの位置についた。ブルはグラヴォ・パックをベクトリングし、ふたりは上昇する。搭載艇は南にはなれていき、ブルは北にコースをとった。

峡谷の北端をこえて上昇したとき、大規模な部隊が見えた。さまざまな大きさのグライダーがあり、たしかに百機をこえている。なかでもとくにブルの目を引いたのは、まるみを帯びたピラミッド形の一構造物だった。高さはゆうに三十メートルありそうだ。

「あれは知っています」器官メンディンの声がした。「脳アリニの乗り物です」

＊

レジナルド・ブルはこの部隊の進発をどう理解したらいいかわからなかった。クロレオン人たちはこちらのトリックを見通していたのか？　搭載艇が南の谷をこえるのを見たにちがいないのに、なぜあとを追わなかったのだろう？

地面の近くにおりて、ゆるやかな斜面をくだり、植生が豊かな谷に向かった。褐色の水を満々とたたえた流れが谷を抜けていく。クロレオン人たちは右手の上、三百メートルほどの高さにいる。自分と同行者に気づいたかどうかわからない。かれらにグラヴォ・パックのエネルギー拡散放射を探知する能力があるだろうか？

「ここがどこかわかりました」器官メンディンが突然いった。「地上での訓練をしたとき、このあたりで数日間すごしたんです」

「それはいい」ブルは褒《ほ》めた。「われわれにはかくれる場所が必要だ」

「このまま右に行ってください」器官メンディンは提案した。「流れのこちら側に険しい岩壁があるはず。それをおぼえているんです。そこに、当時わたしが地上に出てきた横坑の口があります」

そちらに向かうのは、ブルは気が進まなかった。ゆっくりと進んでくるクロレオン人部隊の下を行くことになる。しかし、険しい岩壁はいいかくれ場になるだろう。それに、地下施設に通じる横坑があるというので、興味をそそられた。

谷底近くを動くのはむずかしかった。レジナルド・ブルは自身の経験から、クロレオンの植物世界の凶暴さを知っている。フィールド・バリアを作動させることもできるだろう。しかし、探知される危険がさらに大きくなる。器官メンディンがあぶない植物を教えてくれて、ブルはそれを避けることに必死になるあまり、クロレオン人の艦隊に注意を向ける時間がほとんどなかった。セランがときどき探知映像をうつしだす。それによると、グライダーはどれも静止して、動かずに谷の上空に浮遊しているらしい。

たしかに器官メンディンのいうとおり、岩壁はすばらしいかくれ場だった。浸食作用であちこちはがれ、地震による数多くの亀裂や割れ目があり、ところどころ植物が繁茂しておおっている。ある程度は安全だ。肉眼では見つからないだろう。ブルは割れ目のひとつに身をかくした。比較的害のないちいさな植物だけが生えている。

「横坑はどこだ？」ブルは同行者にたずねた。

「この割れ目を行くと、岩壁のなかで幅ひろい溝に行きつくんです」器官メンディンは答えた。「そこに横坑の出入口があります」

ブルはストロンカー・キーンの特別周波に切り替えた。メンターに状況を説明する。

「クロレオン人たちに見つからなかったら、この横坑を調べてみようと思う」

「気をつけて」キーンは警告した。「われわれが考えるよりも事態は進行しています。このあいだに三十のセグメントすべてをクラウンのはずれに集めておきました。問題ありませんでした。クロレオン人たちが部隊を集結させていると聞くと、みな不安になったようです。団結したほうが強いと、自分たちにいいきかせていました。しかし、われわれの着陸場所は数万の抗体にとりかこまれています。たえず援軍が送られてきて、二座から巨大輸送機まで、考えられるあらゆるタイプのグライダーが出動しています。これまで敵対行為はなく、わたしは自分たちが危険な状態だとは思いません。いつでも包囲の輪から逃げだせるでしょう。しかし、どうも怪しい。なにか起こりそうな気配がします。注意してください」

「わかった」ブルは答えた。「わが身がかわいいので、不注意なことはしないよ」

自分にしっかりつかまっているようにと、器官メンディンにジェスチャーで伝えた。二名は背の低い植物がおおっている場所を、低い高度でゆっくりと進んでいく。ブルはときどき目をあげて上を見た。割れ目は場所によって非常にせまく、ところどころ上のほうで両側の壁がくっつきそうになり、視界が妨げられる。探知機を見ると、クロレオン人たちのグライダーがいまだに待機態勢であることをしめしていた。クラウンからそれほどはなれていないところだ。

二名は溝に入っていった。そこはほとんど植生がない。ふだんは盛んに出入りがあるのだろう。かくれるところがないことが、レジナルド・ブルを不安にした。周囲を見まわしたが、どこにも横坑はありそうにない。

器官メンディンはブルの探るような視線を正しく解釈したようだ。

「出入口は目立たない場所にあるのです。カムフラージュされた扉にかくれています」

「それならば……」ブルがいおうとした。

そのとき、セランの警報装置が甲高い音をたてた。

「高所からの危険が迫っています」マイクロシントロン音声が聞こえた。

本能的にレジナルド・ブルはわきによけた。岩がまっぷたつに割れたような音が、上からとどろきわたる。小石、岩片、成人の男ほどの大きさのブロックが音をたてて降ってきて、石だらけの溝の地面にぶつかる。埃がはげしくたちのぼり、巨大な影がひとつ、高いところからおりてきた。砂埃の向こうに、前に見たことのある巨大なピラミッドがあらわれる。

「脳アリニおんみずから、きみを連れていこうとお出ましだぞ」ブルは辛辣にいった。

二名にほとんど勝ち目はなかった。やってきたのはピラミッドだけではない。武装グライダー数十機が溝の周辺のいたるところに浮遊してきて、脳アリニの大型の乗り物に部分的に破壊された岩の縁に沿ってずらりと着陸したのだ。あるいは、レジナルド・ブルの退路を断つような配置の機もある。ブルはフィールド・バリアを作動させた。計画は失敗だったということ。クロレオン人たちは、こちらが無人の搭載艇でだまそうとしたのを知っていたのだ。一分一秒たりともだまされなかった。

＊

器官メンディンはおちついている。自分に最期の時がきたのを確信しているようだ。それを平然と冷静に受け入れている。その姿に、ブルの心は痛んだ。

「まだあきらめるな、わが友よ」ブルは小声でいった。「脳細胞がなにを考えているか、まずは見てみよう」

ブルはここではじめて、抗体以外にクロレオン人の神経細胞タイプと器官細胞タイプも参加している作戦行動を体験した。こんな状況でなければ、その姿の多様性に驚いていただろう。しかしかれは、自分が相手にしているのはクローン工場でつくられた、戦闘の専門家だということを知っていた。この瞬間、かれらの目的はただひとつだ。自分と器官メンディンを殺すこと……

まるみを帯びたピラミッド内部で動きがあった。大きなハッチが開き、奇妙な行列が乗り物から出てくる。器官細胞タイプ二十名が、鉢のような容器を持っていた。湾曲したその容器のなかに、ほとんど頭だけでできたような一生物がいる。ブルが驚いていると、透明な肌の薄い皮膜を通して、どっしりとした脳のような器官が見えた。あちこちでこぼこしていて、曲がりくねり、結び目があり、たえず脈動している。深い眼孔の奥にある二十近くの目が、じっと冷たくテラナーを見つめる……古い型のロボットによくある、なんの感情もない視覚器官だ。この異生物のそれ以外の身体部分は完全に萎縮し、巨大な頭をかろうじて支えているだけだった。腕は細く、力なくだらりとさがって、鉤爪のような指が鉢の底でなんとか支えの補助になろうとしている。クロレオン人種族の特徴である吻は、グレイでしわだらけの皮膚をした、みすぼらしいホースのようだった。

鉢を運んでいる器官細胞タイプ二十名はがっしりとした体格だ。鉢はかなりの重さがあるらしい。儀式のような厳粛な歩き方だが、速い動きをすると重い頭が安定しないのだろう。

鉢がテラナーとその同伴者のほうにやってきた。これまでまだ、クロレオン人はだれも敵対的な動きはしていない。

「いいか、いまがチャンスだ」レジナルド・ブルはいった。「わたしが脳アリニをやっつけたら、カオスになるだろう。ほかの者たちはどうしたらいいかわからなくなる。その混乱で、われわれは苦もなく逃げおおせる」

「いや、べつの方法にしましょう」器官メンディンはブルがこれまで見たことがないような決然とした態度で答えた。「かれらはなによりも、わたしを追っているのです。わたしはここのどの岩もよく知っているから、どこでも身をかくすことができる。わたしひとりで逃げます。かれらがわたしのあとをつけてくれば、あなたは安全だ」

「そんなことはさせない……」ブルは抗議した。

それ以上はいえなかった。巨大な頭がしゃべりはじめたのだ。甲高い笛のような声が、萎縮した肩の付け根にあるスリットから出てきた。

「わたしがきたのは最後の闘争とはなんの関係もない、戦士よ」脳アリニはいった。

「きみのそばにいる者は、わたしの部下だ。不誠実な裏切り者で、病気の細胞なのだ。除去しなければならない」

「わたしは戦士ではない」レジナルド・ブルの声は真剣そのものだった。その声を外側スピーカーが、溝のすみにまで響くように増幅して伝えた。ブルは曲がりくねった脳の脈動がはげしくなるのを見た。「わたしは平和的な異人だし、ここにいるのはわたしの友だ。排除なんかさせない」

脳アリニはすぐには反応しなかった。自分に当然あたえられると思っていた最終決断権が拒否されたことに驚いているのだろうか？　戦士が友と呼ぶ者をそれでも攻撃したならば、相手がどういう行動に出るか、吟味しようとしているのか？　脳の塊りが痙攣《けいれん》を起こしているように震えている。まちがいない。脳アリニは極度に緊張して熟考しているのだ。

それから、脳アリニはふたたび話しだした。その声はたくさんの目と同様に冷たく感情がなかった。

「わたしが権利を行使するのをじゃまするな、戦士よ。われわれの戦いは最後の闘争とともにはじまる」その声がさらに大きくなり、まわりの抗体に命令した。「裏切り者をかたづけろ！」

「さ、気をつけるんだ！」ブルは同行者にささやいた。

ブルの手に滑りこんできたコンビ銃がうなりをあげて、パラライザー・モードでビームをはなつ。耳をつんざく、絹を引き裂くような叫びが、鉢のなかで響いた。一瞬、弱々しいからだが驚くほど力をみなぎらせ、向きを変える。化け物のような頭がいっきにあがり、それから、完全にくずおれた。頭が鉢の底にぶつかって鈍い音がする。巨大な脳は脈動するのをやめていた。

器官細胞タイプ二十名は恐ろしさに立ちすくんでいる。そこをパラライザー・ビームがとらえた。最初の者は地面にとばされ、さらに第二の者がやられ……このあいだにクロレオン人は異人の恐ろしい武器の威力を充分に知った。器官細胞たちは大あわてで逃走し、四散する。重い鉢が地面にぶつかって音をたて、支えどころを失った大きな脳が左右に転がった。抗体はあまり恐がっていないようだが、命令する者がいなくなり、混乱している。どう行動すればいいかわからないのだ。

そこで器官メンディンは大胆きわまる計画を実行した。ブルがとめようとする前に、数メートル先の溝の険しい壁を驚くべき敏捷さで登り、細い割れ目のなかに姿を消したのだ。グライダーではそこまで追跡できない。器官メンディンがいっていたとおりになった。追跡者のグライダーは上昇していき、岩壁のてっぺんの上空を旋回している。器官メンディンがその岩の表面に出てくると読んで、行く手をさえぎろうとしたのだ。まるで怪奇現象のように、一分後には溝にはだれもいなくなっていた……レジナルド・ブルと、頭が入っている鉢をのこして。上空でエンジンのうなる音がする。ブルはヘルメット通信で器官メンディンを呼んだが、応えはなかった。その一方で、追跡者の犠牲になったようすもない。

レジナルド・ブルは鉢に近づき、なかの頭をよく見た。目は閉じている。

「麻痺ビームの影響はたいしたことはない」ブルはつぶやいた。「半時間もすれば気がつくだろう。それまでに器官メンディンが、きみの手からうまく逃れているといいのだが」

ブルはグラヴォ・パックをベクトリングして、ゆっくりと溝に沿って進んだ。頭上に突きでている張りだしを掩体《えんたい》にとりながら、クロレオン人のグライダーの位置をしめす探知映像にたえず注意を向ける。器官メンディンが追跡者から逃げおおせたのが、しだいにはっきりしてきた。追跡者たちの動きは無目的で、曖昧だった。どこを探せばいいかわからないらしい。

「幸運を祈る、わが友よ」レジナルド・ブルはつぶやいた。

溝の目立たない場所にしばらくとどまる。横坑への出入口が見つかることはほとんど期待できなかった。無理やり道を開くこともできたかもしれないが、危険があまりにも大きすぎる。自分がまだ安全でいられるのは、クロレオン人の異質なメンタリティのおかげなのだ。病気の細胞を排除することへの独特の熱心さが、かれらに器官メンディンのあとを追いかけさせ、こちらに逃げるチャンスをあたえてくれた。その幸運をむだにしたくなかった。もし、自分が地下施設に侵入したりしたら、かれらも気が変わるかもしれない。

レジナルド・ブルはゆっくりと上昇した。もう一度、情報技術者を呼んでみたが、やはり今回も返事はない。ブルはあきらめた。たぶん器官メンディンは返事をして見つかるのを恐れているだろう。

ブルは脳アリニが捜索隊を引きあげるまで、岩の迷路にとどまることを決心した。それから《エクスプローラー》へもどろう……

＊

一時間ほどして、ブルは自然のままの一横坑に侵入した。道はななめにあがっていて、突きあたりには鈍い自然光の当たっている場所がある。出入口は岩のてっぺんの高さにあるにちがいないと見当をつけた。そこならあたりを見わたせるだろう。それが重要なのだ。かれは横坑の暗闇を進んでいって、実際、高いところにある台地に着いた。あちこちに充分な掩体があるのを慎重に確認する。それらは適当にばらまかれたような岩塊で、なかには非常に大きなものもあった。ブルはできるだけ気持ちを楽にして、周囲を見まわした。

ブルの場所からはるか北東に視線をやれば、流れに沿って谷がつづいていた。幾重にも連なる北の連山を見ると、茫然となる。あの複雑な地形のどこかで、意識の三人組の秘密司令本部と史料保管庫を見つけることができるのだろうか。器官メンディンがいっしょならよかった。たしかに自分と同じように、その秘密の場所は知らないかもしれないが、クロレオン人はここの地形をわかっているし、情報技術者だから、もしかしたら秘密の場所に関するデータを盗聴するやり方を心得ていて、使えるヒントが手に入ったかもしれない。しかし、いま、その可能性はなくなった。ブルは以前と同じように自分自身の知恵にたよらざるをえないのだ。

上空を複数の捜索グライダーが旋回していた。粘り強く探している。そのままやらせておかなければならない。さもないと、部隊の動きがわからなくなる。《エクスプローラー》が話していた大規模攻撃はまだはじまっていない。

そのとき背後でなにか物音が聞こえ、ブルは驚いてはっとした。自然光の明るさでくらんだ目で横坑の暗闇を見通そうとする。しばらくして、ずっと奥のほうに、かすかな青い光の当たる場所が見えたような気がした。本当に見えたのか、あるいは目の錯覚か、自信がない。ずっと目をこらしていたからだ。だが、それを考えているひまはない。重いくぐもったうなりが空気を震わせて、気をそらされる。身をかくしていた場所からすこし前に出ると、脳アリニの乗り物であるずんぐりしたピラミッドが、向こうの台地からゆっくりと上昇していくのが見えた。それを追って、反逆した情報技術者を罰するために脳細胞が連れてきた部隊ののこり五十機ほどが列になってつづく。

ブルが想像していたとおりになったということ。脳アリニは意識をとりもどし、捜索を中止したらしい。グライダーは隊列を組み、谷に沿って北東の方向へ移動していった。ブルはそれを見えなくなるまで目で追った。

すると、またさっきの奇妙な物音がした。周囲を見まわすと、今回は実際になにかあるのがすぐにわかった。光るものが横坑の出入口のところに浮遊している。それは高さ一メートル半ほどの楕円形で、明るい青い光を発していた。ブルがそれを不思議そうに見ていると、驚いたことに、楕円形のなかになんと人間のような姿が浮きあがってきたのだ。輪郭も体形もはっきりとしない。まるで初心者の彫刻作品のようだ。あるいは、人間をあまり見たことがなく、その外観をよく知らない者の頭に浮かんだ姿か……

レジナルド・ブルが茫然と立ちすくんでいるあいだに、その姿は動きだした。左腕をあげて、方向をしめすように手を伸ばしている。唖然としてブルは手のさししめす方向を見た。それはななめに谷の方向へ、つまり北北東へ伸びている。しかし、どんなに目をこらしても、そこには以前に見えたものしかない。山また山だ……

ブルはまた振り向いた。

「ふざけたことを……」あっけにとられ、腹だちまぎれにうなった。

その光現象は消えていた。横坑のなかを見おろしたが、そこにももうなにも見えない。あれはいったいなんだったのだろうか？　自分はなにを見たのだろう？　幻覚のようなものにだまされたのか？　だれかがなにか伝えようとしたのか？　この惑星でそのようなコミュニケーション手段を使うのはだれだ？　自分の見たもののすべてがただの錯覚でなければ、プシオン性の方法でやったのだろう。つまり、実際にはなにも起きなかったということ。ただ、意識にその印象が伝えられただけなのだ。

ストロンカー・キーンが呼びかけてきた。ブルは混乱しながらも、それに応じた。

「あなたのことが心配で」首席メンターはいった。「搭載艇は損傷なくもどってきました。たった一発の銃撃も受けていません。あなたの計画はどうなりました?」

「失敗した」ブルはひどく腹だたしげに答えた。短い報告をして、次のように締めくくる。「器官メンディンはいなくなった。しかし、かれは脳アリニから逃げおおせたと信じている」

「それならば、帰還してください」キーンはいらだっていた。「ひとりで山のなかをふらつくのは危険です。われわれ、いまもなお抗体に包囲されています。いずれ数十万になるでしょう。かれら、当面はおとなしく行動していますが、いつなにが起こるかわかりません」

「そのうちもどる」ブルはいった。奇妙な光現象を目撃したことを話すべきか、しばらく考えたが、やめた。「あと数分、ここを見てまわりたいんだ」

「あなたがそういうなら……」

ブルはそれに応えない。また気楽にかまえた。なにを待っているか、自分自身もわからないが、すぐになにか決定的なことが起こるという確信があったのだ。

*

はじめは後頭部にかすかな痛みがはしったような気がしただけだった。レジナルド・ブルは周囲を見まわした。もしかしたら、青い光現象がまたあらわれるかもしれない。

しかし、横坑はがらんとして、打ち捨てられたようだった。なにも見えない。

「戦士よ」ささやくような声を聞いた。

光る楕円形を送ってきた者が話しかけてきたとわかった。その言葉は、ブルの意識のなかで直接かたちをとった。話し手は強い心理的影響力を持っている。それは自然のものなのか、あるいは人工的な方法で生じさせたのか……

「わたしは戦士ではない」レジナルド・ブルは声に出して答えた。なぜなら、思考は声にした言葉の影響下でもっともはっきりかたちになると知っているからだ。「しかし、わたしになにか伝えたいことがあるならば、それをいえ！」

「あなたは戦士のこぶしをつけている。だから戦士だ」メンタルの声は執拗にくりかえした。その執拗さは強情さと紙一重《かみひとえ》だ。「最後の闘争が間近に迫っている。われわれとともに保管庫の史料公開に立ちあってもらおう。あなたは、どうやってわれわれが五千年前に起こったことを知るかを、目撃するべきだ。われわれ、あなたが当時こちらに出した条件を守る用意ができている」

ブルはからだに電気がはしったように跳びあがった。

「われわれ？　われわれとはだれだ？」

「われわれは〝意識〟である。脳ドルーネネン、脳ハーディニン、脳ヴルネネンだ」

ブルはすぐに決意した。

「きみたちの招待を受けよう。どこにその史料保管庫はあるのだ？」

「映像が方向をしめす」メンタルの声は答えた。「その方向を進み、大きな尖り岩まで行け。岩はすぐにわかる」

「いつ？」ブルはたずねた。

「すぐに出発しろ。われわれは、きみが目的地に着いたら現場にあらわれる」

レジナルド・ブルはコンタクトがとだえたのを感じた。問いかえしても意味はない。ストロプシオン・チャンネルはもはや存在しないのだ。時間をむだにしてはならない。ストロンカー・キーンに連絡した。

「ここではなにか聞いたり感じたりした者はいません」キーンは驚いている。「まさか、その招待を受けるつもりじゃないでしょうね？」

「すでに受けた」ブルはまじめに答えた。

「それは十中八九、罠ですよ」メンターは警告した。「かれらはあなたを戦士だと思って、消そうとしている」

「そのリスクをおかすつもりだ」ブルは答えた。「いずれにしても、それほど大きな危険だとは思わない。あの声は正直そうだった」

「それならば、せめて護衛を連れていってください」キーンはたのんだ。「ひとりで行くのは軽率です」

「ひとりで行かなかったら、きっとすべてがだめになる。きみもいったとおり、わたし以外にだれもメンタル通信を受信しなかったのだ。ひとりでこいということ。だから、ひとりで行く」

ストロンカー・キーンは答えなかった。レジナルド・ブルはすこし時間をおいてから、真剣にいった。

「ストロンカー、これはわたしが待っていたチャンスだ。意識の三人組に、わたしが戦士ではないこと、最後の闘争は無用であることを納得させられれば、われわれはこの惑星住民の言語に絶する苦しみを防ぐことになる」

「ええ、そうですね」すこしためらってからキーンは答えた。「あなたのいいたいことはわかります。ほかに選択肢はない」

「そのとおりだ」ブルはいった。

あとがきにかえて

増田久美子

コロナ禍が始まりかけていた頃、旅に出た。感染への不安はなんとなくあったが、まだだれもそれほど深刻に捉えていなかったような気がする。いま思えば信じられない光景だが、マスクをつけているひとはほとんどいなかった。空港へ向かうリムジンは満席で、立っているひともいた。羽田空港も思いのほか混んでいて、手続きに手間取りあやうく乗り遅れそうになった。飛行機はすいていたが、〝いつもどおり〟でなんの制限もなかった。

目的地は広島。今回も朝一番の飛行機で飛び、一泊して翌日の夕方帰ってきた。広島空港には朝の八時二十五分についた。それからリムジンで市内に。一日の活動を始めた未知の街に足を踏みいれるときは心躍る。しかし、バスから降りてみるとちょっと期待はずれだった。さっき飛びたってきた目覚めたばかりの街が続きをそっくりそのままやっている。なにをどう期待していたのか、と聞かれると困るが……。はっきりとなにか違う朝の風景とか……。せっかく遠路はるばる来たのだから、と文句のひとつも言いたくなった。

とりあえずホテルに荷物を置いて、観光案内所に向かう。パンフレットをもらい、目的地への行き方を教えてもらった。職員さんが地図を前に丁寧に説明してくれるのだが、街全体のイメージが摑めていないので、理解はできていない。とりあえず納得した振りをして礼を言って外に出た。結局、頭に残っているキーワードを頼りに移動を開始する。まず行きたいところは原爆ドーム。目の前に路面電車の乗り場がある。これでさっきのがっかりした気分は一掃され、急にテンションがあがった。路線図を見ると「原爆ドーム前」とあるので、乗りこんだ。地図を片手に通りすぎる町並みを見ていると、旅行者気分が満たされてくる。

原爆ドームは教科書の写真で見たとおりで、それほど衝撃的ではなかった。思わず立ちすくむようなものを想像していたのだが……。広い野原にぽつんとあるのかと思っていたが、まわりにはたくさんのビルがある。都会の大きな公園の一角のようだ。ドームのまわりを三周か四周して、平和記念公園に向かう。

しばらく歩いて、広島平和都市記念碑の前に立った。八月に記念式典が行われるあの場所だ。平和の灯がゆれる向こうに小さく見える原爆ドームを見て、慰霊碑に書かれた文字を読む。急に胸がいっぱいになり、なぜかこみ上げる涙を抑えた。碑文「安らかに眠って下さい　過ちは繰返しませぬから」の『過ち』は外国語に訳せば『失敗』や『間違い』となるのかもしれないが、それでは言い尽くせないものがある言葉のような気がする。『悪』でもない。『害悪』でもない。深く静かに心の底に沈み込んで決して消えないもの。悔やんでも悔やみきれないこと。母語というものの力を改めて知った。この場に実際に立たなければ得られない体験だったと思う。

この六二七巻の本篇に出てくるふたつの言葉を目にして内心ビクリとした。めったにこのような表現にはお目にかからないから、なおさらだ。ひとつは〝ホロコースト〟。ブルが核戦争で荒れ果てた惑星につけた名前だが、どうしてもユダヤ人大虐殺を思いうかべる。もうひとつは核爆発の蒸気の塊りが〝最後に典型的なキノコ形になった〟というところ。つまりキノコ雲。〝一度見たらだれも忘れることができない〟とある。わたしは広島、長崎におちた原子爆弾がすぐに頭に浮かぶ。

夏休みになると決まってドイツに遊びに行っていた時期があった。日常から逃れてほっとしていると、「クミーコ、テレビのニュースであなたの国のことをやっているわよ！」と友人の声がかかる。見ると真夏の照りつける太陽と蟬の鳴き声のなか、広島平和記念公園で行われている広島「原爆の日」の記念式典のニュースだ。「そうね」と答えておくが、毎回身のすくむ思いをした。広島を訪れたことが一度もなかったのだ。後ろめたい気持ちがいつもつきまとっていた。「あなたの国なのに行ったこともないの？　こんな遠いところにはくるのに」と言われるのが内心怖かった。

今回の旅で「クミーコ、テレビで……」の声に怯えることはもうないだろう。道をたずねたら、ついでに街案内をしてくれた地元のひとのこと、ゆっくり走る路面電車のこと、潮の香りがかすか混じる風のこと、川の多い美しい街のことを話すつもりだ。

訳者略歴　国立音楽大学器楽学科卒，ドイツ文学翻訳家　訳書『マイナス宇宙へ』マール＆ヴルチェク，『ハルト人ソクラテス』テリド＆フランシス（以上早川書房刊）他多数

HM=Hayakawa Mystery
SF=Science Fiction
JA=Japanese Author
NV=Novel
NF=Nonfiction
FT=Fantasy

宇宙英雄ローダン・シリーズ〈627〉

希望《きぼう》なき惑星《わくせい》

〈SF2302〉

二〇二〇年十月二十日　印刷
二〇二〇年十月二十五日　発行
（定価はカバーに表示してあります）

著者　クルト・マール
訳者　増《ます》田《だ》久《く》美《み》子《こ》
発行者　早川浩
発行所　株式会社早川書房
郵便番号　一〇一 - 〇〇四六
東京都千代田区神田多町二ノ二
電話　〇三 - 三二五二 - 三一一一
振替　〇〇一六〇 - 三 - 四七七九九
https://www.hayakawa-online.co.jp

乱丁・落丁本は小社制作部宛お送り下さい。
送料小社負担にてお取りかえいたします。

印刷・信毎書籍印刷株式会社　製本・株式会社川島製本所
Printed and bound in Japan
ISBN978-4-15-012302-4 C0197